Eusebio Blasco

El bastón y el sombrero

Eusebio Blasco

El bastón y el sombrero

Reimpresión del original, primera publicación en 1878.

1ª edición 2024 | ISBN: 978-3-36805-043-6

Verlag (Editorial): Outlook Verlag GmbH, Zeilweg 44, 60439 Frankfurt, Deutschland
Vertretungsberechtigt (Representante autorizado): E. Roepke, Zeilweg 44, 60439 Frankfurt, Deutschland
Druck (Imprenta): Books on Demand GmbH, In de Tarpen 42, 22848 Norderstedt, Deutschland

EL BASTON Y EL SOMBRERO,

COMEDIA

EN TRES ACTOS, EN VERSO,

EUSEBIO BLASCO.

Representada por primera vez en el Teatro de la COMEDIA el dia 29
de Octubre de 1878.

Ridendo dicere verum...
(HORACIO.)

MADRID.

1878.

PERSONAJES.   ACTORES

JUAN, estudiante............ Sr. Mario.
DOLORES................... Sra. Fernandez (Dolores).
LUIS...................... Sr. Manini.
MONSIEUR MONAI.......... Sr. Romea.
DON RAMON............... Sr. Aguirre.
DOÑA PAULA.............. Sra. Valverde (Balbina).
DON CLETO............... Sr. Jover.

La escena en Paris en el salon de descanso de un hotel.
1878.

AL SEÑOR

DON SILVERIO LOPEZ

En testimonio de consideracion y amistad,

El Autor.

ACTO PRIMERO.

Salon de descanso en un hotel de lujo. Al levantarse el telon
se oye dentro música de estudiantina.

ESCENA PRIMERA.

RAMON, con un ramo de flores.

¡Nadie! La puerta cerrada
y el salon libre de gente;
la ocasion es excelente
y no puedo temer nada.
Aquí, mujer bien hallada,
te dejo en prenda de amores
estas inocentes flores
que copian con su hermosura
de tu rostro la frescura
y de tu edad los primores.
Quiero por la quinta vez
de tu puerta en el umbral,
dejarte nueva señal
de mi extraña pesadez.
Acaso con tu esquivez
tornes á darme tormento,
pero el hondo sentimiento
que inspiraste al pecho mio
tal vez rinda tu albedrío

1

si piensas lo que yo siento.
Luz de radiante aureola
que á París hoy á alumbrar
vienes y en él á sembrar
tu sin par gracia española,
mezcla de dama y manola
que en París hace dos meses
con tus ojos cordobeses
á todo el mundo interesas,
humillando á las francesas
y hechizando á los franceses,
¿quién eres? Bajo qué sol
naciste y á qué viniste?
dale la salud á un triste
y errante y pobre español.
Preste su luz tu arrebol
á un corazon que se apena,
y sea, niña morena,
tu voz que escucho anhelante
de la patria el eco amant
que viene á ahuyentar la pena.
Flores que la vais á ver
á tan estrecha distancia
derramad vuestra fragancia
sobre tan linda mujer!
llevad en torno á su ser
los ecos del canto mio,
y haced que de su desvío
cese el persistente empeño
para que torne risueño
mi porvenir hoy sombrío.
¿Resistes á que te vean
mis ojos? Queden aquí
las flores, y hablen por mí
y heraldos de mi amor sean.
Oh, española á quien desean
cuantos pasan por su lado:
oye el acento angustiado
de un español aburrido!
Lo que es como me haya oido... (Al público.)
el negocio está entablado.

ESCENA II.

MONSIEUR MONAI, con un ramo de flores.

¡Oh, quel plaisir! ¿Nadie habrá?
con esto llegar podré
y ¡ma foi! me evitaré
de dar una propiná!
Oh, que me gustan á mí
estas lindas españolas,
que pintarse siempre solas
como disen por allí!
Esta dama me miró
ayer tarde en sierto modo,
que yo lo comprento todo,
conosco la España yo!
Oh, la España! Yo la quiero;
c'est un país d'emotion
y de mucho corason
y de muy poco dinero.
Las mujeres del país
son nobles para querer,
ésta, pues, debe de ser
de Malagá ó de Cadis.
Tiene unos ojos y un pelo
y un sierto grasia de hablar...
anoche la oí cantar
la haca de tersiopelo.
¡Ah! *quel charme* de cansion!
quel cachet, qué cosa extraña!
yo me muero por España,
niña de mi corason.
Yo te daré mis tesoros
y tú harás lo que tú quieras
y cantarás perteneras
y me llevarás á toros
y fumarás un cigarro
y sacarás la navaca
y te vestirás de maca
y tocarás el guitarro.
Oh, la ravisante hurí.

que con tu grasia tan bien
venses á las parisien
que me han hecho vieco á mí,
de este *bouquet* de violets
que á tu puerta voy dejar,
depender mi bienestar:
bendita seas, olé!
Resibe estas jolies flor
en prenda de amor extrême.
¡Oh, española! ¡Que je f'aime!
¡Oh mon rêve. ¡Que je t'adore!
Todo será *pour le mieux*
si tú me quieres á mí.
(Deja el ramillete en el umbral de la puerta izquierda.)
¡Á tout á l'heur, ma cherie!
¡Ádieu, ma charmante, adieu!

ESCENA III.

JUAN, vestido de estudiante, salta por la ventana con una
bandurria y un ramo de flores en la mano.

Cuando un hombre tiene gana
de ver á la que despierta
su amor con pasion tirana
si no halla franca la puerta
se mete por la ventana.
Siga su triunfal paseo
por París la estudiantina,
que yo dándola un cuarteo
huyo el bulto y mi deseo
es ver tu lumbre divina.
Este es el cuarto; este, sí,
nada se ve, pero aquí
vive el ángel adorado
que me tiene trastornado
desde el punto en que le ví.
Qué ojos, qué labios, qué talle,
oh hermosura sonriente,
¿á quién hay que no avasalle?
iba andando por la calle

y era asombro de la gente.
Vila y grité: viva España,
que viene pidiendo guerra!
rubor infantil la baña
y le dice á su compaña:
«ese acento es de mi tierra.»
Yo entónces entre el tumulto
á este aparto, al otro insulto,
rompo por la muchedumbre
y me voy derecho al bulto
por no perder la costumbre.
«Bien haya tu aparicion
que me brinda la ocasion
para decirle á París:
aquí tienes como son
las hembras de mi país.
¿Quién el paso te embaraza?
¿Quién no ve en tí nuestra raza,
nuestro rumbo y nuestro sol?
Plaza, caballeros, plaza
para el salero español!»
Ella entónces ruborosa
y huyendo la charla mia,
se deslizó presurosa
entre la gente curiosa
que por verla la seguía.
Y yo la huella perdí
de la estudiantil rondalla,
y siguiendo ansioso fui
á la que imperando en mí
mí corazon avasalla.
Hambriento estaba por ver
mujer que fuera cual eres
que las que aquí logré ver
ni me parecen mujeres
ni las puedo yo querer.
Y pues tu amor ideal
de la patria los amores
despierta en mi alma leal,
de tu puerta en el umbral
quiero dejar estas flores.
Oculto mando en su seno

mi amor, en cuatro renglones
de amante entusiasmo lleno,
con un canto macareno
que parte los corazones.
(Lee.) «Flor de brillante corola,
»lucero de la mañana,
»deslumbradora española,
»saladísima serrana.
»Beldad que al mundo embelesas,
»rival temido del sol,
»euvidia de las francesas,
»gala del suelo español;}
»mira por Dios que me pierdes
»si no me quieres mirar
»con esos ojuelos verdes
»como las ondas del mar.
»Los ojos negros son locos,
»los azules soñadores
»y los verdes la esperanza
»que mantiene mis amores.
»Rondándote estoy, serrana,
»buscando en tí salvacion
»y al mirarte en la ventana
»se me alegra el corazon.
»Que ya el sol á quien tú hieres
»no sale por monte ó valle,
»que sale cuando tú quieres
»por el balcon de tu calle.
»Déjale pues que me alumbre
»y un corazon calme así,
»que muere de pesadumbre
»de no verse junto á tí.
»Que no muera en tierra extraña
»de tus amores en pos.
»Adios, corazon de España,
»esperanza mia, adios!»

ESCENA IV.

DOÑA PAULA, D. CLETO.

PAULA.   Ay qué dia tan hermoso,

y qué animacion! da gusto:
bien haya el feliz instante
en que la suerte me cupo
de encontrar á esta señora
hace mes y medio justo.
¡Don Cleto!

CLETO.　　　　¿Qué hay, doña Paula?

PAULA. Mi señora quiere al punto
almorzar, pero en su cuarto,
porque se disgusta mucho
en la mesa.

CLETO.　　　　Esa señora
nos va á dar muchos disgustos.

PAULA. Por qué?

CLETO.　　　　Por sus trapisondas.

PAULA. ¡Oiga usté, eso es un insulto!
Pues hombre, vaya una forma!
á bien que no es usté bruto!

CLETO. Señora mia, yo soy
en la fonda el que la surto
de huéspedes españoles,
y si ellos traen el barullo
como la tal doña Lola
con sus novios, que son muchos..

PAULA. ¿Pues ella qué culpa tiene
de que los huéspedes juntos
ó separados, la asedien
con cartas, flores... y frutos?
Usté tiene muy mal genio
para esta clase de asuntos.

CLETO. Señora, tengo motivos,
emigrado, pobre, oculto,
y ganándome la vida
de este modo, me es muy duro...

PAULA. Usté es...

CLETO.　　　　Yo era capellan
de lanceros de Sagunto;
pero deserté...

PAULA.　　　　Ah demonio!

CLETO. Con un jaco y un trabuco
levanté una partidita
en la provincia de Búrgos,

y allí me estuve seis meses...

PAULA. ¿Cómo?

CLETO.   Gastando cartuchos.
Pero, hija mia, me dieron
un tute tan tremebundo,
que traspasé la frontera,
y aquí me gano el corrusco
de la emigracion, por tristes
mensuales catorce duros.
Lo que tengo que aguantar,
vale doble, de seguro!
Los españoles me tratan
muy mal.

PAULA.   ¡Si usté es tan adusto!

CLETO. Si me hacen cada perrada,
señora, que tiembla el mundo!
Dígale usté á su señora
que no me ponga en apuros,
que desde que ella ha venido
esta casa es el diluvio.

RAMON. ¡Don Cleto! (Desde la puerta.)

CLETO.   Voy.

RAMON.   Estas cartas
al correo.

CLETO.   (Algun salsucho!
No se fie usté de este hombre.)
(Ap. á Paula.)
Hasta luego.

RAMON.   Adios, don cuco!

ESCENA V.

DOÑA PAULA, RAMON.

RAMON. ¡Paulita del alma mia!
me va usted á dar el gusto
de tomar como recuerdo...

PAULA. Vaya en gracia.

RAMON.   ¿Estos dos duros?
Ya sabe usted que la quiero
con el afecto más puro,
que me es usted muy simpática,

que noche y dia la busco...

PAULA. Y que adora usted al santo
por la peana.

RAMON. Á tal punto,
que si su esquiva señora
me desahuciara, le juro...

PAULA. ¡Ay, no me lo diga usted
que me lo creo y sucumbo!
¿Ve usted los años que tengo?

RAMON. No los veo, los presumo.

PAULA. Pues aún estoy solterita.

RAMON. Cómo así, con ese busto
tan escultórico?

PAULA. Nada,
que me empeño en un absurdo!
siempre me enamora el hombre
que no puede ser mi cuyo.
El uno porque es casado,
el otro porque huye el bulto,
éste porque no lo sabe
y aquel porque no le gusto,
yo empiezo siempre y no acabo;
¡mire usted que esto es muy duro!

RAMON. Pues en tanto que usté encuentra
su mitad, que yo barrunto
que ha de encontrarla quien tiene
buenos ojos, piés menudos,
fresco el cutis, lindo el talle
y escasos cuarenta... junios...

PAULA. (¡Vamos, este caballero
me está dando por el gusto!)

RAMON. Dígame usted, si lo sabe,
á qué genero de asuntos
ha venido esta señora
que hace un mes vive en el 1.

PAULA. Sólo sé que ella buscaba
una doncella, un escudo,
una acompañante grave
para evitar los disgustos
que dan los pícaros hombres
cuando vamos por el mundo;
que á mí me recomendó

un primo de su difunto,
y que á París nos vinimos
á buscar á su futuro.

RAMON.   (Ella es!)

PAULA.   Yo vivo con ella,
me gano al mes doce duros,
viajes pagados y un cuarto
en la fonda junto al suyo.
Dicen que su novio llega,
que van á casarse al punto
y que le quiere muchísimo,
lo cual por mi parte dudo.

RAMON.   ¿Por qué?

PAULA.   Porque tantas flores,
tanto galan, tanto bulto,
tanto rondarle la calle
y tanto y tanto y barullo
acaban con el amor
más consecuente y más puro,
y me temo cualquier cosa
si estas bromas duran mucho.

RAMON.   Dígala usted de mi parte
que yo quiero ser su escudo,
su protector, no su amante,
su amigo, no su conjunto,
Dígala usted que yo tengo
interés en sus asuntos,
que haría por ella esfuerzos
extraordinarios, absurdos.
Dígala usted que esas flores
no envuelven amor alguno,
que aquí está mal sin un hombre,
que en París hay muchos tunos,
que su amante ha de tardar,
que tal vez varió de rumbo...
Si usted consigue, Paulita,
que tratemos los tres juntos,
el mejor modo y manera
de que al fin seamos unos...
yo... no le digo á usted nada,
que no quiero del futuro
romper el velo, mas yo...

será mi llanto infecundo,
mas cuando un americano
llora...

PAULA.　　　　Ay, Jesús, yo me asusto.
RAMON. Tengo por esa señora
un afecto honrado, puro;
mi corazon es así,
rinde á lo que es noble culto,
y esa dama me interesa
y usted... en fin, yo le juro
que ni á usted ni á Doloritas
he de darles chasco alguno.
Adios; confío en usted;
usted tiene mucho mundo;
yo volveré de aquí á un rato,
y tenga usted por seguro
que no abrigo más deseo
que ver á esos novios juntos
y á usted feliz y casada...

PAULA. De dónde es usted?
RAMON.　　　　　　Del Cuzco,
del Ecuador, de la tierra
más ardorosa del mundo.
(Ya he preparado á la vieja;
hoy me gano diez mil duros!)

ESCENA VI.

DOÑA PAULA.

Parece un hombre sensible:
y lo peor del asunto
es que yo creo estas cosas
en cuanto que las escucho.
Dios quiera que este sujeto
no me resulte algun cuco
como el que me dió aquel chasco
el año cincuenta y uno.

ESCENA VII.

DOÑA PAULA, MONSIEUR MONAI.

PAULA.   Vamos á ver cómo está.
MONS.   Madame...
PAULA.   ¡El francés!
MONS.   ¡Pardon!
PAULA.   (Este es otro.)
MONS.   La señora...
PAULA.   Ya anoche me acriminó
porque le dí el recadito!
MONS.   Bueno; mecor que mecor.
PAULA.   Y no quiere galanteos
ni quiere conversacion;
y no la atosigue usted
de ese modo tan atroz.
MONS.   Yo amo á su señora á cántaros!
PAULA.   Á cántaros? De turbion?
MONS.   Tengo dinero hasta el tuétano!
PAULA.   Pero hombre!
MONS.   Tengo un amor
de una p con otra p
y una v de corazon!
PAULA.   De p y p y doble u
querrá usted decir, por Dios!
MONS.   No nesesito lesiones.
Yo conosco el español.
PAULA.   Ya lo veo.
MONS.   La señora...
PAULA.   La señora ama á un señor.
MONS.   Lo sé.
PAULA.   ¿Cómo?
MONS.   Y yo deseo
aprovechar la ocasion
y ganarle por el pie.
PAULA.   Por la mano.
MONS.   Bien, mecor.
Dígale de parte mia
que el monsieur que ella esperó
la ha olvidadó en Amerique.

PAULA. ¿Quién, don Luis? ¡Jesús qué horror!

MONS. Dígala que yo soy rico,
que ella es mala posision,
que ha de estar mecor conmigo
que tres en un zapató.

PAULA. Pues estaría aviada.

MONS. Que tengo en Francia un *chateau*,
y en España una cortija
entre Sevilla y Moron,
y en su país vivirá
con holgura y con confort
igual que una archipampána
y á toda satisfacsion.
Dígala que soy más rico...
que Carracuca.

PAULA. Por Dios,
si aquí las dos Carracucas
somos mi señora yo!

MONS. Dígala, en fin, todo esto
tout de suite: número dos
es mi cuarto; voilá un luis.

PAULA. ¿Un luis?

MONS. Sí. Veinte francós.
Si usted me hase hablar con ella
doy dies luises.

PAULA. ¿Diez?

MONS. Adios.
Lo que yo más nesesito
es que renunsie á su amor,
sea conmigo ó con otro;
voilá, en fin, la gran cuestion!

ESCENA VIII.

DOÑA PAULA, JUAN.

PAULA. ¿Y cómo doy los recados
cuando ella monta en furor
en cuanto un amante nuevo
pretende haserla el amor?

JUAN. ¡Esta es la que la acompaña!

PAULA. Lo intentaré. (Otro moscon.)

JUAN.   Espera, mujer simpática!

PAULA.   (¡Uf! éste sí que es peor.)

JUAN.   *Benedicta tu in mulieribus,*
si aquí escuchares mi voz.
Tú vas á ser el conducto...

PAULA.   ¿Cómo?

JUAN.   De mi honda pasion.
Mercurio con faldas negras,
mensajera de mi amor,
de mis pesares correo,
de mis angustias buzon,
Celestina sin trastienda...

PAULA.   Hombre, por amor de Dios!

JUAN.   Ayúdame en mis amores,
te lo pido por favor.

PAULA.   ¿No le dije á usté ayer tarde
que estamos aquí las dos
de incógnito y que no puede
comprometer su opinion?

JUAN.   ¿Quién es tu ama?

PAULA.   Una señora.

JUAN.   Dime su nombre.

PAULA.   ¡Que no!

JUAN.   ¿Es soltera?

PAULA.   No lo sé.

JUAN.   ¿Es viuda?

PAULA.   Dale, señor!

JUAN.   Dale esas flores que guardan
la esencia de un grande amor;
dile que me deje solo
un instante de audicion;
dile que como me quiera
la ofrezco tan firme amor
como nunca lo ha sentido
un estudiante español.
Dile si quiere casarse
conmigo.

PAULA.   Jesús, qué horror.

JUAN.   Dile que conmigo nunca
le faltará una cancion,
un poco de bailoteo
y un mucho de buen humor.

PAULA.　¡Qué bonito porvenir!

JUAN.　Dile que en nuestra mansion
no le faltará apetito,
ni deudas, ni sucesion,
ni gente que nos arrulle
desgastando el aldabon
para pediroos dinero
que nunca lo tendré yo;
dile que por divertirla
me pondré á pintar el sol,
y del hambre que tendremos
haré un pan de municion;
dile, en fin, que no la engaño
y que cual buen español
lo que me falta de renta...
me sobra de corazon!

PAULA.　¡Ay que pícaro es usted!

JUAN.　Toma, estrella de Aragon,
sol de Cuenca, luz de Alcarria,
(Dándole dinero que saca del bolsillo.)
perla de Mazarrambroz,
toma ese par de pesetas;
si pasaderas no son
con un poquito de azogue
se te quedan al reló!

PAULA.　¡Es usté el mismo demonio!

JUAN.　Y tú eres mi salvacion.

PAULA.　Si ella no quiere...

JUAN.　　　　　　　Veremos.

PAULA.　¿Y si se enfada?

JUAN.　　　　　　Mejor.
Voy á dejar la guitarra
en el hotel donde estoy
y á darle un par de moquetes
á un caballero español
de parte de un primo suyo
que se marchó á la faccion,
y vuelvo á ver si me dices
que tu dueña se ablandó.
Tu vida dejo en mis manos,
de tí depende mi amor;
adios perejil manchego,

cardo cuco, lila en flor,
hasta luégo, que me ayudes;
niña de mi corazon!

ESCENA IX.

DOÑA PAULA, RAMON.

PAULA.   Pues señor, aunque se enfade
yo cumplo la comision.
RAMON.   Y si ve usted que no logra...
PAULA.   Ay, Jesús!
RAMON.   Lo que ansío yo,
dígale que su futuro
en América varió,
y tal vez viene... Ay, Paulita!
Si supiera cuáles son
mis sentimientos, acaso
me comprendiera mejor!
PAULA.   Vamos, este caballero
me gusta de un modo atroz.

ESCENA X.

RAMON, D. CLETO.

CLETO.   ¡Don Ramon!
RAMON.   Hola, don Cleto.
CLETO.   Usté me está achicharrando
y ya me va á mí quemando
que se me falte al respeto!
¡Hará usté que me confunda!
qué ha hecho usté? Qué trapisonda
me armó, que toda la fonda
me está llamando carcunda?
RAMON.   ¿Qué?
CLETO.   Yo ya no puedo más!
estoy tragando más hiel!
(Se vuelve de espaldas y lleva prendido un papel
de la levita.)
RAMON.   Pues si lleva usté un cartel
con la palabra, detrás!

CLETO. ¿Ve usted? ¡Usted me lo ha puesto!
RAMON. Yo no he sido.
CLETO.   ¡Qué imprudencia!
¡Hombre, por Dios! No hay paciencia
que pueda soportar esto! (Se lo quita.)
El uno me pone un mote,
el otro me cierra el cuarto,
pues mire usted, si me harto
un dia y cojo un garrote...
RAMON. Yo no...
              Eso está muy mal hecho.
CLETO. Usted y sus compatriotas
me han quitado ayer las botas...
RAMON. Já, já!
CLETO.   Las del pie derecho!
Ora me encuentro en la puerta
atravesado un cordel
que me mate; hoy el cartel!
RAMON. Pues hombre, viva usté alerta.
CLETO. Pues cuidadito, señores,
que tengo yo mala fama.
RAMON. ¿Qué trae usté?
CLETO.   Un telegrama
para esa doña Dolores.
RAMON. Venga, yo se lo daré.
CLETO. Soy yo bueno para darlo.
RAMON. Si me pidió ir á buscarlo
al *comptoir.*
CLETO.   Tómelo usté.
Y por Dios...
RAMON.   No se alborote!
CLETO. No me busqué usté más ruidos.
Pues hombre, estamos lucidos!
ni que uno fuera un monote!

ESCENA XI.

RAMON.

¡Audacia!
(Despues de mirar á todos lados abre el telegrama
y lee en voz alta.)

2

«Si estás ahí
yo llego mañana.» ¡Hoy!
(Lee.) «Libre y rico á verte voy.»
¡Se van á casár aquí!
No, á fé, yo sirvo á mi sócio
y el negocio es colosal,
y me sentará muy mal
perder este buen negocio.
(Saca una carta del bolsillo y lee los dos primeros
versos.)
«Que ella con otro se case
»y le saco á usté de apuros.»
Ahí es nada... diez mil duros!
Hay que atacar por la base.

ESCENA XII.

DOLORES, DOÑA PAULA.

Dol.   Uf! Qué asedio! Qué tortura!
¡Quién me sacó de Madrid?
Malhaya mi desventura;
me ha de vencer un ardid
desmintiendo mi cordura?
Desde que á París llegamos
ni un solo instante evitamos
pesquisas, persecuciones,
serenatas, cartas, ramos,
pretendientes y moscones,
y apenas llevo aquí un mes
y ya he de ver á mis piés
á un estudiante tirano:
ya me encocora un francés,
ya una carta en castellano.
Yo no aguanto, no resisto
tanta importuna asechanza,
que en este hotel, por lo visto
hay contra mí una alianza
que yo no había previsto.
Y al dejar á mi país
para venir á París
lo hice sólo por lograr

aquí más pronto encontrar
á Luis.

PAULA   ¡Ya salió!

DOL.   Á mi Luis!
¿Vendrá? Le lograré ver?
¿Creerá que aquí se le espera?
habrá cambiado al volver?
¡Ay, Paula, si usted supiera!

PAULA.   ¡Ay! pues no lo he de saber!

DOL.   ¿Cómo?

PAULA.   Que está usted perdida,
quiero decir, rematada;
es decir, comprometida,
ó mejor dicho, prendada.
ó si se quiere, prendida.
Yo la estoy á usté observando
desde que la estoy sirviendo,
y segun vengo notando
¡ay! se está usted entregando
pero de un modo tremendo.

DOL.   Usted, Paula, se ofreció
en Madrid á acompañarme
sin saber mis planes.

PAULA.   No.

DOL.   Pues ya es fuerza declararme
y oiga por qué viajo yo.
Luis á quien vengo á buscar
es el sobrino de un ente
que obligándole á viajar
juzgó poderle apartar
del amor que por mí siente.
Yo que soy pobre y le quiero
tanto, que mi renta toda
la he reducido á dinero,
pues con el producto espero
poder sufragar mi boda,
yo que le amo cual ninguna
con amor hondo y profundo,
aunque nací en pobre cuna
no puedo sufrir que el mundo
juzgue que amo su fortuna.
Y así al escuchar decir

en Madrid á la opinion,
que con él me quiero unir
para brillar y lucir
y ganar de posicion,
sabedora de un secreto
que hoy ya público será,
aquí en París me prometo
dar un chasco tan completo
como el mundo juzgará.

PAULA. ¿Y qué es ello?

DOL.   Usté es prudente
y me sirve bien.

PAULA.   Es cierto.

DOL. Pues oiga usted lo siguiente:
el padre de Luis ha muerto
hará un mes próximamente.
Luis, que en América está,
ya por el cable sabrá
la nueva, y sin duda alguna
viene en pos de una fortuna
que al llegar no encontrará.

PAULA. ¿Cómo?

DOL.   El tio, rencoroso,
tuvo ántes de fallecer
carta de Luis amoroso
en que juró no volver
sino para ser mi esposo.
Y el tio en rapto fatal
de ira y en trance mortal
y con su rencor en lid,
dejó su inmenso caudal
á los pobres de Madrid.

PAULA. ¡Ah!

DOL.   Pues bien, ántes que deba
sufrir Luis la dura prueba
de su terrible fracaso,
le salgo en París al paso
y le doy la mala nueva.

PAULA. ¿Para qué?

DOL.   Para poder
decirle á mi bien amado
en cuanto le torne á ver:

ahora que estás arruinado
quiero yo ser tu mujer.
Ya Madrid sabe tu ruina
y ve que tu sol declina,
y pues mi amor juzga ardid.
vamos á ver lo que opina
de mi conducta Madrid.
De este modo inusitado
queda la duda desecha,
feliz el desheredado,
mi pensamiento logrado
y la opinion satisfecha.

PAULA.   No hay ningun hombre capaz
de lo que una decid?da
mujer.

DOL.   El hombre es audaz,
y aquí estoy comprometida,
que Luis es muy suspicaz.
Si la dueña del hotel,
ó un curioso, ó un papel,
ó un amante desdeñado
le cuentan lo qúe ha pasado
ántes que llegára él.
Que el estudiante me asedia,
que usa el francés de mil mañas,
y que esto es ya broma y media...
Ay, si Dios no lo remedia
tendremos toros y cañas;
y no sé ya qué inventar,
porque yo mujer al fin,
aunque no he de desmayar...

PAULA.   Es claro! el hacer tilin,
no se puede remediar.
Aún atenta á sus deberes,
la mujer tiene la calma
prendida con alfileres,
y siempre llegan al alma
las flores en las mujeres.
Y sea debilidad,
ó amor propio ó vanidad,
siempre se oyen con placer.

DOL.   ¡Y qué verdad es, mujer!

AULA. Ya lo creo que es verdad!
Aquí estoy yo, que aunque veo
que la vida se me escapa,
no resisto al galanteo,
y en cuanto me llaman guapa
en seguida me lo creo.
Nunca me quedo yo atrás:
en teniendo espada y as
al tresillo, no sosiego,
en cuanto me dicen: juego,
ya estoy yo diciendo: más!
¿Cómo he de extrañar la duda
en que usted jóven y viuda,
y linda, vive en un potro?
Si como no acuda el otro
me temo que tarde acuda...

DOL. ¡Eso no!

PAULA. Pues francamente,
resolvamos prontamente
que este asedio es alarmante;
en fin, á mí hace un instante
me ha salido un pretendiente!

DOL. ¿Á usted?

PAULA. Lo digo formal:
no me parece costal,
porque es un hombre juicioso
y muy listo y muy gracioso.

DOL. Pues me parece muy mal.

DAULA. ¡Señora!

DOL. Y yo, amiga mia,
que con usted viajo y vivo,
viendo en su edad su garantía...

PAULA. Señora, yo no sabía
que aún estaba de recibo.

DOL. Ver quiero el tiempo volar.
Vaya usted á presentar
esta letra; le prevengo,
que esto es todo lo que tengo.

PAULA. Pues aún nos ha de sobrar.

DOL. Ahora lo que importa aqui
es ó mudarnos de hotel
ó libertarme, ay de mí,

de este amoroso tropel
que me compromete así.
Ya ayer habia en la mesa
huéspedes americanos
que, en conversacion francesa
con intencion más aviesa
y frotándose las manos,
decían no en voz tan baja
que yo no lo oyera bien:
la viudita es una alhaja.

PAULA.   Eso dicen los que ven
que no han de sacar ventaja.

DOL..   Tras esto anoche un señor
parlanchin, abrumador,
me demostró su interés;
esta mañana un francés
vino á pintarme su amor.
Es para volverse loca.
¿Y el estudiante? Si escapo
de su red...

PAULA.   Y quién se apoca!

DOL.   Ay! y el estudiante es guapo!

JUAN.   (En la puerta.) ¡Bendita sea tu boca!

ESCENA XII.

DOLORES, DOÑA PAULA, JUAN, RAMON.

DOL.   ¡Uf; ¡Qué dije!
(Va hácia la puerta de su cuarto.)

JUAN.   (Suplicante.)   Una palabra.

DOL.   Á fe que no la he de oir.

JUAN.   ¡Una sílaba!

DOL.   La llave...

JUAN.   Una letra.

DOL.   (Á Paula.) Abra usté aquí.

JUAN.   Un punto, para que usted
lo ponga sobre una i!

DOL.   No!

JUAN.   Pues una admiracion.
¡Ah, señora!

DOL.   Hay que reir

ó mandarle noramala.

(Ramon sin ser visto de Dolores llama á doña
Paula desde la puerta de su cuarto.)

PAULA. (¡Y el otro me llama á mí!)
JUAN.   No te apartes, reina mia.
RAMON. Ven acá tú, emperatriz!
        (Ap. á doña Paula.)
PAULA. (Ay Dios mio de mi alma,
        qué mal vamos á salir!)
        (Juan se acerca lentamente á Dolores que á pesar
        suyo le escucha.)
JUAN.   Sol de la tierra bendita
        donde es eterno el Abril,
        aire fragante de España,
        cielo alegre de Madrid,
        eco de la patria ausente
        que el alma escucha por fin
        como cadencia lejana
        que trae el aire sutil;
        oye el amante suspiro
        de un estudiante infeliz
        que va siguiendo tus huellas,
        bellísimo serafin.
        Desde aquel dia dichoso
        en que tu faz ví lucir,
        alma vida y corazon
        á tu voluntad rendí.
        Por tí me parece sombra
        la luz del sol al salir,
        descoloridas las rosas,
        pálido el rojo alelí,
        sin esencias la azucena,
        moreno el blanco jazmin,
        triste son el dulce arrullo
        de las aguas al bullir,
        sin armonías la tarde,
        sin rumores el jardin,
        y el mundo en que tú no vives
        desierto en que me perdí.
        Dentro del alma afligida
        siento una voz repetir
        que para mí no hay ventura

estando léjos de tí.
Cuanto más huirte quiero
tu voz me parece oir
que dentro el pecho me suena
como si hubiera eco en mí.
Descanso por tí no tengo,
que pensando siempre en tí...
las horitas de la noche
me las paso sin dormir.
Calma el afan que me mata,
vean mis penas su fin,
que si piadosa me curas
el afan que siento aquí,
te he de probar mientras viva
que para hacerte feliz
no habrá español más constante
ni aquí ni en Valladolid!

Dor. Sepa el estudiante avieso
presa de tal frenesí,
que si en Francia las mujeres
no le saben resistir,
las que en la tierra española
vieron su cuna lucir,
desde Cádiz hasta Irún
y desde Huelva á Madrid,
constantes en sus amores,
poco diestras en fingir,
desmienten la falsa idea
de la doblez femenil.
Y si el estudiante viese
que yo pensaba en partir
un corazon que no es mio
¿qué pensaría de mí?
Su afan calme el compatriota,
busque consuelo en Paris,
que dueño mi pecho tiene
con quien se juzga feliz,
y siga su estudiantina
y déjeme en paz á mí.

Juan. Cuando un estudiante quiere
no sabe qué es desistir.

Paula. ¡Ay qué cosas tiene usted!

RAMON. Yo no me conformo así.

PAULA. Salga usted.

RAMON.   Soy yo muy terco,
Paula.

PAULA.   Sí, que voy á ir.

ESCENA XIII.

DICHOS, MONSIEUR MONAI.

MONS.   ¡Oh madame!

DOL.   (Este me valga.)

JUAN.   ¿Un gabacho?

MONS.   La hallo al fin.

DOL.   (Qué apuro!)

MONS.   ¿Qu'est que c'est ça?

JUAN.   ¿Es tal vez el dueño?

DOL.   Sí.

JUAN.   Este moscon importuno...

RAMON.   Déjalos, quédate aquí.

MONS.   Monsieur moscon...

JUAN.   Yo no hablo
más que español y latin!

DOL.   Sepa usted que yo no puedo
sus asedios resistir.

MONS.   Ah madame!

JUAN.   Ah fiera ingrata!
Por qué desdeñarme así?

MONS.   Yo seré tu caballero.

JUAN.   Yo seré tu sombra aquí.

MONS.   Tus ojos me enloquesén.
C'est quelque chose d'esplendide.

JUAN.   Vous me cargué enormement!
¿Es ese tu dueño vil?

MONS.   Je desir savoir Monsieur...

JUAN.   Hombre, déjeme usté á mí.

MONS.   Ah, pardon!

JUAN.   Sí, perdonado.

DOL.   ¡Paula! ¡Escucha!

MONS.   Usté salir!

JUAN.   Le pego á usté un guitarrazo

en cuanto se acerque á mí.

MONS.   ¡Oh, salgamos! Par exemple!
JUAN.   Nada, que yo armo un jollin!
PAULA.   ¡Socorro!
DOL.   Dios nos ampare.

ESCENA XIV.

DICHOS, D. CLETO.

CLETO.   Señora, hay que convenir
          que todos estos barullos
          es fuerza que tengan fin,
          y la dueña de la fonda
          me echa las culpas á mí.
          ¡Salgan ustedes, señores!
JUAN.   Como vuelvas á venir
          por este hotel, viejo imbécil...
MONS.   ¡Ah! ¡Monsieur!
DOL.   ¡Por Dios! ¡Por mí!
JUAN.   Enterrado en la guitarra
          te paseo por París
          cantándote el gori-gori
          con aires de mi país.
          Ahora voy á tomar cuarto
          en el hotel para mí.
          Aquí hay dinero y yo quiero
          en esta fonda vivir.
CLETO.   Yo suplico á usted, señora,
          que no nos dé que sentir,
          que yo traigo aquí españoles
          y de ellos respondo aquí.
MONS.   Prinsipio quieren las casas:
          queda un metro de naris!

ESCENA XV.

DOLORES, DOÑA PAULA.

DOL.   ¡Paula!
PAULA.   Que dos españolas

no se puedan defender...

DOL. Claro! qué ha de suceder,
¡viendo dos mujeres solas!
Dios mio, es tal mi aflicción,
que ántes de que Luis viniera
acudiría á cualquiera
en tan triste situacion.

PAULA. ¿Quiere usted, pues, que acudamos
á un español muy decente
y muy listo y muy valiente
y de quien muy cerca estamos?

DOL. ¿Quién es él?

PAULA. Un caballero
muy atento y muy cumplido
y que á mí se me ha ofrecido
y me parece sincero.

DOL. Le conoce usted bastante
para podernos fiar...

PAULA. Sí á fe; (yo quiero intimar
con este impensado amante.)

DOL. Cuidado con los extraños.

PAULA. Nada! puede usted fiarse.
(Pues ahí es nada encontrarse
con un marido á mis años!)

DOL. Venga, si él nos da consuelo
y descanso y proteccion.

PAULA. Uf! Pase usté, don Ramon.

RAMON. Aquí estoy. (Ya he roto el hielo.)

EXCENA XVI.

DOLORES, DOÑA PAULA, RAMON.

RAMON. Señora, tengo un placer...

PAULA. Ya he dicho á mi señorita
que usté es el que necesita
en su apuro.

RAMON. (Gran mujer.)
¡Pues es claro! Yo veía
todo lo que aquí pasaba,
que á usted se la molestaba

y que la gente decía
que estaba usté en el hotel]
expuesta á mil imprudentes
que acuden impertinentes
como moscas á la miel.
Oía mil comentarios
á estos señores franceses
que parecen muy corteses
y que son muy ordinarios.
La veía á usté asediada
sin descansar ni una hora;
yo decía, esta señora
debe de estar abrumada!
Y yo la conozco á usté
de Madrid, y de Bilbao,
Usté es prima de Gombao
y de don Pedro Sesé,
con quien yo he tenido asuntos
políticos é industriales,
y fuimos corresponsales
y hemos conspirado juntos.
¡Ya lo creo! Usté es cuñada
de Lopez, el de Almería,
y tiene usted una tia
que vive en Puerta-Cerrada
y casó con Peñalosa,
aquel que fué diputado
y murió el año pasado.
¡Si no conozco otra cosa!

DOL.   (¡Es simpático!)
PAULA.   (Ah, tunante!)
DOL.   Veo que está usté enterado.
RAMON.   (Como que me lo ha contado
            la criada hace un instante!)
            Pues nada, nada, señora,
            usté no está bien aquí,
            ni puede vivir así
            una viuda encantadora.
            Yo estoy en París de asiento
            y conozco al mundo todo,
            y vamos á ver el modo
            de que cese este tormento.

Yo soy un hombre formal;
yo estimo á las españolas,
y aquí dos señoras solas
están mal, pero muy mal.
Ahora mismo me decía
Paulita...

PAULA.   (¡Ay, Paulita!)
DOL.   Qué?
RAMON. Que le había dado usté
una letra que tenía
y no se la pagarán
si el giro no se confirma,
y comprobarán la firma,
y luégo le exigirán
conocimiento y saber,
quién la gira, quién la cede;
esas cosas que no puede
precaver una mujer.
Nada, venga la letrita,
yo le daré á usté el dinero.
DOL.   No sabe usted, caballero,
el peso que se me quita.
¿No es natural que me aburra
ver que se me asedia así?
RAMON. Pues nada, yo estoy aquí
para todo lo que ocurra.
Y cuenta que no soy yo
de los que venden favores,
ni la hablaré á usté de amores
ni Cristo que lo fundó.
Yo sé por qué forma y modo
viene usted hasta París;
que está esperando á don Luis...
DOL.   Pero...
RAMON.   Si yo lo sé todo!
Y es preciso que usté esté
libre aquí de quien la ultraja.
DOL.   Paula, este hombre es una alhaja.
PAULA. ¡Pues no se lo he dicho á usté!
RAMON. Y si usted quiere dinero
mientras la letra se cobra...
DOL.   No señor, por hoy me sobra.

PAULA. ¿Qué tal?

DOL.   Es un caballero.
Ántes que nada, es preciso
barrer de aquí los fisgones,
que con sus declaraciones
estoy en un compromiso.

RAMON. Pues nada, vamos á ver...

DOL. Si usted viviera conmigo...

RAMON. Perdone usted.

DOL.   No, si digo
que lo hiciéramos creer.
Decir que es mi esposo puedo,
y entónces nos acompaña.

RAMON. (Vuelve su novio el de España
y se descubre el enredo.)
No; se puede averiguar
y el mundo nada respeta,
y usted no es una coqueta
que farsas venga á jugar.
Diga usted que tiene esposo.

DOL. Ya lo he dicho, pero ausente
le juzga toda esta gente
y no me dejan reposo.

RAMON. Finja usté un padecimiento
para que nadie la vea.

DOL. Pero hombre!

RAMON.   Ah! tengo una idea!
Espérese usté un momento.

PAULA. ¿Ve usted qué hombre? Este nos saca
de apuros.

DOL.   Bravo! Sublime!

PAULA. (Dios mio, como yo intime
no le suelto sin casaca!)
(Vuelve Ramon con un sombrero blanco de copa
y un baston.)

RAMON. He aquí, señora, el remedio
de toda amorosa treta
y medicina completa
de todo importuno asedio.
He aquí la solucion
de este problema social,
solucion franca y cabal!

DOLORES y PAULA.
        ¿Un sombrero y un baston?
RAMON. Prendas ambas expresiones
        son de un estado civil;
        sombra de un poder viril
        á prueba de las pasiones.
        Á la humanidad entera
        la gobierna en absoluto
        un símbolo, un atributo,
        una cruz, una bandera.
        Los pueblos se han desangrado
        no por tal ó cual persona,
        sino por una corona
        ó por un gorro encarnado.
        ¿Qué es la nobleza? Un blason.
        Qué es la ley? Un peso fiel.
        Qué es la gloria? Un laurel.
        Qué es el gobierno? Un baston!
        Las tinieblas ó la luz
        las fija el hombre mudable
        unas veces en un sable
        otras mil en una cruz.
        Deje usté al hombre atrevido,
        insistir en su aficion:
        esto es una institucion,
        detrás de esto, hay un marido!
PAULA. Así aunque el asedio extremen.
DOL. No hay que temer que se impongan.
RAMON. Aunque un marido supongan,
        si no le ven no le temen!
PAULA. Yo á un avaro conocía
        que siempre sólo vivió
        y esto una vez me contó
        que en la antesala tenía,
        para evitar toda red
        y espantar á los rateros,
        catorce ó quince sombreros
        colgados de la pared.
        Y á todos los que llamaban
        de los que el miedo barrunta
        decía: tengo una junta
        militar! y se marchaban.

RAMON. Tiene el labriego invenciones
que defienden su trabajo.

DOL. Luégo esto es...

RAMON.   Un espantajo
para ahuyentar los gorriones.
Cuando venga un fastidioso
Paula le sale al encuentro,
señala ahí y dice: adentro
acaba de entrar su esposo.

DOL. Linda invencion.

RAMON.   Qué le asombra?
El ser humano es un ente,
con su prójimo valiente
y medroso ante una sombra.
¡Cuántos hay que en despoblado
no tiemblen á su despecho,
si les apuntan al pecho
con un fusil descargado!

DOL. Con esto, pues, ya confío
en tener tranquilidad.

RAMON Si; que esto es la autoridad...

PAULA. Justo, y el fusil vacío.

DOL. Á usted deberé la calma
que en adelante consiga,
cuénteme usted por su amiga.

RAMON. Mándeme usté en cuerpo y alma.
De no hacerlo lo sintiera
por consiguiente, señora,
me llama usté á cualquier hora,
me ocupa usté cuando quiera.
Me dice que necesita,
Ramon Ortiz es mi nombre

DOL. Si que lo haría.

PAULA.   ¡Qué hombre!

RAMON. Y ya lo sabe Paulita.
En tocando aquella puerta
siempre me encuentran dispuesto;
conque aquí se queda esto,
no hay más que vivir alerta
y evitar mosconerías
y echar la llave á la jaula.
Adios, señora, adios, Paula.

DOL.   Gracias.
PAULA.   Adios!
RAMON.   (Ya son mias.)

ESCENA XVII.

PAULA, DOLORES.

DOL.   Es un hombre inapreciable.
PAULA.   Es un hombre imprescindible.
DOL..   Qué carácter tan flexible...
        Y qué corriente!
PAULA.   Y qué amable!
        Quédese aquí el espantajo
        que de hoy más nos va á salvar.
DOL.   Y yo voy á descansar.
PAULA.   Y yo á preguntar abajo..,
DOL..   Ay, Luis mio, si supieras
        cuán dueño de mi alma eres
        aunque yo se que me quieres
        aun mucho más me quisieras.

ESCENA XVIII.

LUIS, vestido de viaje. D. CLETO, trayendo el equipaje de Luis.

LUIS.   Un cuarto de los mejores.
CLETO.   Aquí mismo hay preparado...
LUIS.   Dígame usted, ha llegado
        una tal doña Dolores?
CLETO.   ¿Española? (Otro entremés.)
LUIS.   Sí señor, jóven y bella.
CLETO.   Está usté muy cerca de ella.
LUIS.   ¿Cuál es su cuarto?
CLETO.   Aquel es.
LUIS.   ¡Salve, pueblo parisiense!
        me voy á vestir corriendo
        para ver si la sórprendo.

cuando menos se lo piense.
Y ya en tu seno, oh París,
todo al amor me convida.
¡Ay Dolores de mi vida!
¡Ya tienes aquí á tu Luis!

FIN DEL ACTO PRIMERO.

ACTO SEGUNDO.

La misma decoracion.

ESCENA PRIMERA.

LUIS, D. RAMON.

Luis. Pues señor, todo va bien:
¿y dice usted que está allí?
Ramon. Allí está.
Luis.   Ya llegué á Europa,
ya estoy en el gran París,
y aquí, al lado, mejor dicho,
frente de mi amor: por fin
se lograron mis deseos
y los suyos. En Madrid
hace hoy dos años cabales
la dije:—Voy á partir
á Lóndres para aprender
la carrera mercantil.
Mi tio, banquero y rico
repugna tener en mí
un sobrino vago, Adan,
y quiere hacerme seguir
la carrera del comercio,
y que vuelva á mi país

pudiendo sustituirle
en los negocios de allí.
Estaré ausente cuatro años,
te seré fiel y tú á mí,
y al volver nos casaremos,
y espero hacerte feliz.
Ella entónces derramando
tierno llanto, dijo así:
Vé tranquilo, que aunque viuda
y sola, y léjos de tí,
y rodeada de atractivos
para la edad juvenil,
yo que sé que eres honrado,
refractario á todo ardid,
y me has dado tantas pruebas
de amor con honesto fin,
te aguardaré tan constante
como debes exigir.
Fuíme á Lóndres: ni un instante
la hice traicion, ni ella á mí,
pero mi tio se ha muerto
dos meses ha, y á qué fin
he de seguir estudiando
si me guarda el porvenir
una fortuna, una casa,
un título, y un país
donde para estar en grande
no debo hacer más que ir?
Dolores cuando lo supo
apresuróse á escribir:
«Desde hoy eres millonario,
no te acuerdes más de mí.»
¡Orgullo! ¡Pícaro orgullo!
Bien me lo dijo Martin
mi primo, en carta fechada
el diez y nueve de Abril:
«Dolores como no es rica,
no quiere serlo por tí,
pero yo sé que ella piensa
ir á esperarte a París.»
Yo entónces dije: Corriente,
no la escribo, acudo allí,

y cuando ella esté creyendo
que he resuelto concluir,
la sorprendo, hay una escena,
y en el exprés á Madrid. (Pausa.)

RAMON.   ¿Cuántos dias há que estás
sin carta de ella?

LUIS.   ¿Qué?

RAMON.   Ay Luis!
Yo sé que hace más de veinte.

LUIS.   Es verdad.

RAMON.   Y aquí en Paris
en veinte dias se puede
cambiar de amor...

LUIS.   ¿Cómo?

RAMON.   En fin,
no quiero decirte nada,
pero si la viuda aquí
te hubiera olvidado...

LUIS.   ¡Nunca!

RAMON.   ¿Qué harías?

LUIS.   Si ella tan vil
fuese conmigo...

RAMON.   ¿Qué harías?

LUIS.   Irme mañana á Madrid
y ponerla en evidencia:
mi carácter es así.
soy constante, testarudo,
obcecado, hasta incivil;
pero echarme por el suelo...
no es cosa propia de mí.

RAMON.   Bueno.

LUIS.   Mas por qué usted piensa?...

RAMON.   Por nada; hasta luego, Luis.

LUIS.   ¿Qué sucede?

RAMON.   Nada, nada,
te hago saltar de París.
¿Es este sombrero tuyo?

LUIS.   No; por qué?

RAMON.   Nada; creí...

LUIS.   Don Ramon!

RAMON.   Adios, chiquite,
(está comenzando el fin.)

ESCENA II.

LUIS.

Bueno; como en ocho dias
no haya cambiado el cariz
dentro del dia de hoy
llego de mi dicha al fin.

ESCENA III.

LUIS, DOÑA PAULA.

LUIS.   Señora...
PAULA.   ¿Quién?
LUIS.   ¿Usted es
de la casa?
PAULA.   (Otro moscon.)
Sí que lo soy.
LUIS.   (Dándola dinero.) Usted, pues,
me podría dar razon...
¿Conoce usté á una señora
jóven, española y bella
que ocupa ese cuarto ahora?
PAULA.   Como que vivo con ella.
LUIS.   Pues á la linda Dolores
de parte de un forastero
va usted á darle unas flores...
PAULA.   Poco á poco, caballero.
LUIS.   ¿Qué?
PAULA.   Me tiene prohibido
que le pase estos recados,
y si lo ve su marido...
LUIS.   ¿Cómo?
PAULA.   Estamos aviados.
LUIS.   ¿Su marido? (Con el mayor asombro.)
LAULA.   Sí señor.
LUIS.   ¡¡Su marido? (Acentuando más.)
PAULA.   ¡Ay qué pesado!
LUIS.   Ó usted está en un error
ó yo vengo equivocado.
PAULA.   Á ver.

Luis.	¿No se llama Lola?
Paula.	¿El marido?
Luis.	La mujer.
Paula.	Sí señor.
Luis.	¿No es española?
Paula.	Sí señor.
Luis.	Á ver, á ver...
Paula.	Sí señor. (Ay, cómo masca!)
Luis.	Me ahogo! y en Madrid vivía...
Paula.	En la calle de La Gasca
	frente á la confitería.
Luis.	¿Usted está bien segura
	de que se ha casado allí?
Paula.	Yo no ví casarla al cura,
	pero yo creo que sí.
Luis.	¡Casada! Hará poco, eh?
	No es posible!!
Paula.	Caballero!
Luis.	¿Y él está aquí?
Paula.	Mire usté
	su baston y su sombrero.
Luis.	¡Estos!
Paula.	Cabalito.
Dol.	(Dentro.) Paula!
Luis.	¡Su voz! Y estará con él!!
Paula.	Vamos, yo no he visto jaula
	de locos como este hotel.

ESCENA IV.

LUIS.

¡Necio! ¡Incauto! ¡Inocenton!
y tú que á París venías
soñando las alegrías
de tu pobre corazon!
Por eso en su carta así
dijo sin más comentario:
«desde hoy eres millonario
no te acuerdes más de mí.»
Por eso á Madrid dejaba,
y mi primo me decía

que á sorprenderme venía
la que así mi amor burlaba!
¿Y qué debo yo de hacer?
¿Sufrir? Increpar? Llorar,
y ser tras de mendigar
juguete de una mujer?
¡No! que esto el mal no remedia
y esto al que es malo le halaga.
Amor con amor se paga.
Á traicion, traicion y media!
¡Triste de mí!

ESCENA V.

LUIS, JUAN.

JUAN.	Luis!
LUIS.	¡Reguera!
JUAN.	¿Pero eres tú?
LUIS.	Yo soy, sí.

Voto á tal, ¿qué haces aquí
vestido de esta manera?

JUAN.   La estudiantina española...

LUIS.   Ah, sí, la he visto pasar.

JUAN.   Yo he resuelto desertar
para dedicarme á Lola!

LUIS.   ¿Qué dices?

JUAN.   Una mujer
que á nuestro sol le da enojos;
toda España en unos ojos
y todo el mundo en un ser.
Un sueño, chico, una hurí
que obliga á seguir sus huellas,
en fin, chico, una de aquellas...
que sólo se ven allí

LUIS.   Pero Juan .

JUAN.   ¡Me tiene loco!

LUIS.   Mira, Juan...

JUAN.   Desvanecido!

LUIS.   Oye, Juan!

JUAN.   Estoy perdido!

LUIS.   ¡Juan!!

J
ᵁᴬ ᴺ.   ¡Qué quieres!!

Lᴜɪs.   Poco á poco.
Sabes tú si esa señora...

Jᴜᴀɴ.   ¡Ah!

Lᴜɪs.   ¿Qué?

ᵁᴬ ɴ.   Yo las cazo al vuelo...
¿La amas tambien?

Lᴜɪs.   Mi recelo....

Jᴜᴀɴ.   Habla, presto, sin demora!

Lᴜɪs   Supon que esa linda estrella
mi amor hace tiempo fuese;
supon que yo aqui viniese
para reunirme á ella.
Supon que al verte dispuesto
á amarla no tengo calma!

Jᴜᴀɴ.   Supon que te rompo el alma.

Lᴜɪs.   Por supuesto!

Jᴜᴀɴ.   ¡Por supuesto!

Lᴜɪs.   Luego al volvernos á ver
por tan imprevisto azar
nos tenemos que matar...

Jᴜᴀɴ.   Justo.

Lᴜɪs.   ¿Por una mujer?

Jᴜᴀɴ.   Pues por qué morir podrás
que sea más meritorio?

Lᴜɪs.   Patria de don Juan Tenorio,
siempre la misma serás!

Jᴜᴀɴ.   De dónde vienes tú, dí?

Lᴜɪs.   Mira, Juan, no te atolondres.

Jᴜᴀɴ.   ¿De dónde vienes?

Lᴜɪs.   De Lóndres.

Jᴜᴀɴ.   ¿Por qué se matan allí?

Lᴜɪs.   Allí...

Jᴜᴀɴ.   Por afan de ser,
por lucir ó por medrar,
por ganar, por heredar,
por comer y por beber.
De la Europa en los confines
vierten sangre las pasiones,
moviendo los corazones
por desatentados fines.
Pero en la tierra risueña

de que tu pecho se ufana,
ya en su huerta valenciana
ó en su costa malagueña,
ora en la mansa Castilla
ó en la agreste Extremadura
donde es nuestra raza pura
modesta y sobria y sencilla,
donde correr sangre vieres
ni preguntes ni te asombres,
que si se matan los hombres
es siempre por las mujeres.
Si ántes de que nazca el dia
no has merecido á tu Lola,
ó no es tu sangre española
ó es más blanca que la mia!

Luis.	¡Juan!
Juan.	Lo dicho.
Luis.	Dí, insensato, cesa ya en tu loco empeño; ¿y si tuviera otro dueño?
Juan.	¿Otro? Pues tambien le mato! Nadie su dueño ha de ser, téngolo asi decidido.
Luis.	¿Sí? Pues mata á su marido.
Juan.	¿Á quién? (Asombradísimo.)
Luis.	Ahí te quiero ver.
Uan.	No soy yo tan majadero que la suponga casada.
Luis.	Ahí dentro está.
Juan.	Nada, nada.
Luis.	Mira el baston y el sombrero.
Juan.	Vamos á ver, no me azores, yo no soy un busca-ruidos, y eso de burlar maridos ya son palabras mayores. Español y aventurero, y estudiante y calavera, nunca hice nada que fuera indigno de un caballero. Y estando entre gente extraña yo quiero probar constante, que donde está un estudiante

está el corazon de España.

LUIS.   Ahora me presto á la prueba,
            matémonos si la amamos.

JUAN.   Eso es; los dos nos matamos
            y el marido se la lleva.

LUIS.   Yo la desprecio.

JUAN.   Yo no.
            Que me gusta... pesiamí!

LUIS.   Luego vas á insistir?

JUAN.   Sí.

LUIS.   Es decir...

JUAN.   ¡Qué!

LUIS.   Qué sé yo!

JUAN.   Tengo en el alma una lucha
            que va á dar mal resultado.

LUIS.   ¡Ah!

MONS.   Todavía serrado...

(Va á mirar por la cerradura del cuarto de Dolores.)

JUAN.   Tengo mucha pena, mucha!
            Su sombrero...

LUIS.   Ya lo ves.
            Algun bárbaro será.

JUAN.   Maldita sea!

MONS.   ¡Oh!

(Volviéndose al oirles.)

JUAN.   ¡Ah!

LUIS.   (Éste debe ser.)

JUAN.   (Él es.)

ESCENA VI.

LUIS, JUAN, MONSIEUR MONAI.

JUAN.   Caballero, si ántes pude
            ser aquí tan descortés,
            que en un rapto de locura
            sin razon le amenacé,
            yo soy hombre que no miente
            y no supe hasta despues
            los lazos que á esa señora
            la unían ya con usted.

Mons.   ¿Lasos?

Juan.   Yo la amaba, la amo
todavía...

Luis.   Y yo tambien.
Pero yo no asalto nunca
finca que mia no es.
Usté es su dueño...

Mons.   ¡Qué dise?

Juan.   Por muchos años, amen.

Luis.   Perdone usted mi osadía.

Juan.   Esta es mi mano, francés.

Mons.   (Mas yo no comprendo nada,
él debe de estar trompé.)

Luis.   Caballero, aunque no tengo
el honor de conocer
á quien mi dicha me roba
ignorándolo tal vez,
sepa yo al ménos en dónde,
y cómo, cuándo y por qué
logró fortuna tan grande,
y tan envidiable bien.

Mons.   Me parresé que usté toca
le violon!

Luis.   Bien puede ser.

Mons.   Celebro conoser dos
españoles tan fort bien,
y advierto al Monsieur que ella
n'á pas grand pasion por él.

Luis.   Creo que usted hace mal
en gozarse tan cruel...

Mons.   Mas yo no me goso en nada.

Luis.   Me parece harto cruel...

Juan.   (¿No sería más sencillo
pegarle dos puntapiés?)

Luis.   (Es su marido.)

Juan.   (Es verdad.)

Mons.   Lo que debe usted de hacer
es casarse con un otra,
y á lo hecho... poitrine!

Juan.   ¿Poa...qué?

ESCENA VII.

DICHOS, DOLORES.

Dol.   ¡Paula!
Luis.   Su voz!
Dol.   Luis! Luis mio!!
Luis.   Señora...
Dol.   Te vuelvo á ver!
Pero qué es esto, aquí juntos...
Luis.   Llévate de aquí al francés. (Á Juan.)
Juan.   Pues hombre, me gusta.
Luis.   Déjanos.
Mons.   Vamos decarla con él.
Juan.   Señores, estos franceses
tienen muy dura la piel.
¿Pero usted los deja solos?
Mons.   ¡Á mí no me importa!
Juan.   Ah! bien!
Pues en acabando ellos
de hablar le relevaré...
le voy á usté á convidar
á una copa de Jerez!

ESCENA VIII.

DOLORES, LUIS, luégo D. CLETO.

Dol.   Habla? te parece modo,
de saludarme al volver?
Luis.   Quita!
Dol.   ¿Te han hecho saber...
Luis.   Sí, Dolores, lo sé todo!
Dol.   Con ellos te he visto hablar,
mas pienso que á tu llegada
no has podido saber nada
que no sea regular.
Luis.   ¡Es claro, si las mujeres
todo lo hallais disculpable!
si no es falta el ser mudable
si en el amor no hay deberes!

Evítame explicaciones,
comprendo tu situacion
y tengo mi corazon
á prueba de desazones.
No necesito saber
detalles de lo pasado,
tengo mi tiempo contado...
y me aguarda mi mujer!

Dol.   ¡Tu mujer!

Luis.   Sí.

Dol.   Te casastes?

Luis.   Sí señora.

Dol.   Ay, yo me muero!
(Cayendo sobre el sillon.)

Luis.   Eh, que hay debajo un sombrero,
ten cuidado no lo aplastes!

Dol.   Agua!

Luis.   Á ver, una criada!

Cleto.   ¿Qué hay, don Luis?

Dol.   Yo no resisto.
¡Casado!

Cleto.   Ustedes han visto...

Luis.   No señor, no he visto nada.

Cleto.   Es extraño! (Se va.)

Dol.   Dí, traidor,
falso, aleve, fementido,
engañoso, ¿quién ha sido
la que me roba tu amor?

Luis.   Una mujer nada ingrata,
jóven, candorosa, afable,
discreta, sencilla, amable,
buena, bonita y barata.

Dol.   ¿Dónde hallaste esa beldad?

Luis.   En América la hallé,
y como allí averigüé
tu inconcebible maldad,
me dije yo: pues maldita
la pena que me devora,
que la mancha de la mora
con otra verde se quita!
y hoy estoy de mi fortuna
contento á más no poder,

porque como mi mujer
creo que no haya ninguna.

DOL. ¿Será muy linda tu esposa?
LUIS. Es la realidad de un sueño;
tiene el semblante risueño
y ni es fea, ni es hermosa.
Por mucho que esto te extrañe
nunca mis faltas barrunta,
no se enfada, no pregunta
jamás lo que no le atañe.
Es muy fácil en creer,
morigerada en gastar,
incapaz de disputar
y fácil de convencer.
No empalaga con sus mimos,
no arma enredos, ni jaranas,
No tiene madre, ni hermanas,
ni amigas pobres, ni primos.
No tiene afición alguna
que me cueste una peseta:
no hace versos y es discreta,
es severa y no es hombruna.
Detesta la jerigonza
del idioma adulador;
canta como un ruiseñor,
baila como una peonza;
no hay en su casa una mancha,
que allí la limpieza engorda;
ella pinta, canta, borda,
cose, barre, lava, plancha,
no habrá en nuestro hogar apuros,
que en sus manos y sin tretas
los reales valen pesetas
y las onzas veinte duros.
Ni pide, ni gasta nada
en un moño ni una cinta;
ni es coqueta, ni se pinta
ni sola ni acompañada.
Es como Ofelia ideal,
como Penélope fiel,
blanca paloma sin hiel,
mujer sobrenatural,

que para ventura mia
aun lo que pienso penetra,
y hasta tiene buena letra
v correcta ortografía!
En fin, que por varios modos
mi costilla viene á ser
en el mundo una mujer...
como la quisieran todos!

Dol.   ¡Basta!
Luis.   ¡Oh, mujer adorada!
Dol.   ¿Y te cautivó?
Luis.   ¡En seguida!
Dol.   ¿Y la amas?
Luis.   ¡Con alma y vida!
Dol.   Y yo no te inspiro...
Luis.   ¡Nada!

Me has curado de raiz:
y como ella es una perla...
en fin, no vivo sin verla!
Adios, que seas feliz!

(Se va puerta derecha. Dolores dice todo el mo-
nólogo paseando por el proscenio.)

ESCENA IX.

DOLORES.

¿Ya qué espero? Ya qué más
puede saber mi dolor?
¿Este es el premio, traidor,
que al fin y postre me das?
Esto es lo que al fin me pasa
tras tanta amorosa ofrenda
y tras de vender mi hacienda
y de abandonar mi casa,
y de viajar, ay de mí!
exponiendo mi opinion
para que por conclusion
se burle mi amor así?
¿Quién á una mujer honrada
y con el mundo en contienda,
le pide que se defienda

de todos y desamparada?
Tales traiciones se ven
como lícitas pasar,
que el bueno llega á pensar
si hace mal obrando bien!
Y huyendo el lenguaje artero
de tantos enamorados,
les he tenido alejados
con un baston y un sombrero!
¿Ya para qué me servis?
(Cogiendo el sombrero.)
lejos, lejos de mi puerta!
(Arroja el sombrero dentro del cuarto de Luis.)
Incauta, torpe, inesperta,
¿por qué has venido á París?
Yo necesito vengarme!

ESCENA X.

DOLORES, D. CLETO.

CLETO. No, pues como yo le encuentre...
DOL.   (¡Traidor!)
CLETO.   Lo que es como entre
á su cuarto...
DOL.   Despreciarme!
CLETO. ¿Usté ha visto á don Ramon?
DOL.   No, pero le quiero ver.
CLETO. Él ha debido de ser;
una nueva desazon!
(Entra en el cuarto de D. Ramon, sale en seguida y se va puerta foro.)

ESCENA XI.

DOLORES, despues JUAN.

DOL.   Seré frívola, imprudente,
coqueta desatinada,
no me detengo ante nada!
JUAN.   No lo entiendo, francamente.
DOL.   ¿Qué me queda que esperar?

JUAN.   Pues no me apuesta el muy bruto
        á que no he de sacar fruto
        y me anima á continuar?

DOL.   No eres mujer si no inventas
        algo...

JUAN.   (Es ella.)

DOL.   En su desdoro!
        (¡Él!) (Viendo á Juan.)

        (Va al umbral de la puerta donde estará Juan; le
        coge por la mano y le baja hasta la concha del
        apuntador, diciéndole con acento dramático y
        apasionado:)

DOL.   Estudiante! Te adoro!

JUAN.   ¡Española! ¿Qué me cuentas?

DOL.   Sí por Dios! Sábelo ya.
        Vas á luchar decidido.

JUAN.   (Ni el francés es su marido,
        ni su sombrero aquí está.)

DOL.   Sábelo; yo estoy casada
        con un hombre sin conciencia,
        que amargando mi existencia
        me tiene sacrificada.
        En sus garras secuestrada
        me ha tentado Belcebú,
        y harta del odioso bú,
        presa el alma de otro amor,
        yo busco un libertador...
        y ese vas á serlo tú!

JUAN.   Luégo tu esposo no es...
        el francés?

DOL.   ¿El francés? No.

JUAN.   Vamos, ya decía yo
        que era muy bruto el francés!

DOL.   Ya te diré yo despues
        quién es si tú no lo aciertas;
        lo que ántes quiero que adviertas
        es que mi amor ciego y loco...

JUAN.   Espera, espérate un poco
        que voy á cerrar las puertas.

DOL.   (¡Venganza! Que yo consiga
        verle á mis piés castigado,
        que éste, por mí alucinado,

	mi plan de venganza siga.)
JUAN.	Pese á mi suerte enemiga,
	ya que tu amor pretendí,
	huir pensaba, ay de mí,
	viendo que otro tu amor era.
DOL.	¿Y qué importa que lo fuera
	si yo vivo para tí?
JUAN.	(Dios mio, esto es algun lío
	ó es simulado despecho?)
DOL.	Abrirte quiero mi pecho;
	siéntate aquí al lado mio.
JUAN.	Declaro que no me fío.
DOL.	(Unos versos que el bribon
	me escribió en cierta ocasion
	por vencer la esquivez mia
	van á ser la poesía
	de mi fingida pasion.) (Se sientan.)
	¿Ves cómo el manso arroyuelo
	que el verde campo tapiza
	del rio en pos se desliza
	huyendo el campestre suelo?
	¿Ves como con sordo anhelo
	el rio que le absorbió
	su cauce estenso ensanchó
	raudo corriendo á buscar
	la ancha plenitud del mar?
	¡Pues así te busco yo!
	¿Ves cómo en la densa bruma
	que sobre las ondas flota
	boga la esbelta gaviota
	sobre la salobre espuma,
	tendiendo su blanca pluma
	que á la nieve celos dió,
	buscando al que la causó
	la pasion que guarda infiel
	y suspirando por él?
	¡Pues así te busco yo!
	¿Ves cómo en la verde grama
	y por ignota costumbre
	esclavo fiel de la lumbre
	del sol que su luz derrama,
	busca el girasol la llama

del sol que vida le dió,
y con su luz le infundió
el amor con que le sigue
cuando su lumbre persigue?
Pues así te busco yo!
Como á la verde montaña
la fresca lluvia de mayo,
como la violeta al rayo
del sol que amante la baña,
como á la verde espadaña
el arroyo en que brotó,
como al rayo en que murió
mariposa á quien asombra
y como al cuerpo la sombra...
¡así en fin te busco yo!

JUAN.   Pues dime, ¿cómo, y perdona,
me huiste si te seguí
y ahora me pintas así
una pasion... tan buscona?

DOL..   La pasion de que blasona
tu pecho á mi pecho asalta.

JUAN.   Y así á mis ojos resalta
tu mudanza intemperante.

DOL.   (Este pícaro estudiante
me puede dar quince y falta.)
Es que yo, débil mujer,
estuve ántes que te viera
luchando con ansia fiera
entre el amor y el deber;
mas ya decido romper
este lazo abrumador
y declararte mi amor!

JUAN.   ¿Y cómo tu amor me pide
que yo mi deber olvide
siendo á tu dueño traidor?

DOL.   Harás, pues, que me avergüence
y que del rubor el tinte...

JUAN.   Por bien que el amor se pinte
siendo falso no convence.

DOL.   Si mi pasion no te vence,
si son mis ánsias perdidas,
si mis acentos olvidas

si ingrato así me desdoras...

JUAN.   No llores, no, que si lloras
         voy á hacer cuanto me pidas!

DOL.   (Bueno es esto.)

JUAN.   Vive Cristo
         que nada me causa espanto,
         pero en viendo verter llanto
         me convenzo y no resisto.

DOL.   ¿Cuándo ni dónde se ha visto
         más inmerecido amar?

JUAN.   Cese ya tu sollozar.
         Lo que quieras ha de ser.
         ¡Ay, insondable mujer
         cuánto logras con llorar!
         ¿Qué quieres?

DOL.   Librarme quiero
         del que me atormenta así.

JUAN.   ¡En hora menguada ví
         su baston y su sombrero!

DOL.   Huir de su aspecto fiero
         y ser libre en adelante,
         y lograr por tí triunfante
         tras de tan ciego quebranto,
         que por tí sea mi manto
         la capa del estudiante.

JUAN.   ¿Sí? Pues fía en mi entereza
         y en mí el cantar adivina,
         porque de la estudiantina
         salió siempre la nobleza:
         de mi capa y su largueza
         los pliegues encubridores
         guarden tus hondos amores
         y con mi fe por delante,
         la capa del estudiante
         será tu jardin de flores!
         Yo bendigo mi fortuna
         que me manda en tierra extraña
         divulgar la voz de España,
         que es dulce como ninguna.
         Corriendo vengo la tuna,
         y cuando mi vista hieres,
         puesto que mi amparo quieres

haré lo que de mí esperas,
pero no porque me quieras,
sino por ser tú quien eres!
Que el español corazon
de una dama en la defensa,
no ha menester recompensa
por lo que es su obligacion.
Cese ya, pues, tu afliccion
y el pesar que te devora,
que ya tu suerte traidora
á combatir me convida
y es dulce perder la vida
por una mujer que llora.
Jóven y hermosa te ví,
amante te adiviné,
insensato te asedié,
como sombra te seguí.
Que no eras libre entendí
y el alma se me partió,
y mi corazon lloró
y estoy dado á Belcebú,
que no siendo libre tú
cómo he de lograrte yo?
Honrado y noble he nacido
y asaltar honras no quiero,
que aunque soy aventurero
no he de llegar á bandido;
librarte de tu marido
me pides ora cruel.
Pues cómo, voto á Luzbel,
te he de querer viendo asi
que sólo acudes á mí
para que te libre dél?
Pero no temas, ni dudes
de que los montes allano,
ya verás cómo no en vano
á mis alientos acudes;
á fe que no le saludes
como á opresor detestado,
que si le hallo, de contado
vuelvo á tu pecho la calma,
te sirvo, le rompo el alma,

tú contenta y yo pagado!
Dime quién es, dime pues
á quien tengo que matar.

Dol.   ¿Pues necesito nombrar
á quien tan de cerca ves?
Tu amigo y tu rival es,
casada en secreto estoy,
harto las señas te doy,
poco há que llegó á París.

Juan.   Es Luis; engañóme Luis,
ya claro viéndolo estoy.
¿Estás, en fin, decidida
al conflicto en que me pones?

Dol.   ¿Qué pago á tantas traiciones
mejor que perder la vida?

Juan.   Ea pues, si en la partida
que salgo sin vida oyeres,
aunque sé que no me quieres
dí si de injuriarme tratan,
que aún hay hombres que se matan
por servir á las mujeres!
(Va á llamar á la puerta del cuarto de Luis.)
¡Luis!

Dol.   ¡Allí espero!
(Entra en su cuarto despues de dudar un momento.

ESCENA XII.

JUAN, LUIS.

Juan.   Sí. Aquí!
Luis.   Allá voy.
Juan.   Sal al momento.
Luis.   Que voy á contarte un cuento.
Juan.   ¿Quién ha metido esto aquí?
(Sale con el sómbrero en la mano.)
Juan.   ¿Qué te ocurre?
Luis.   Que te reto
á noble lucha española,
tú estás casado con Lola,
y ya es vano tu secreto!
Luis.   Tú estás loco de remate.

Juan.	Ella me lo ha asegurado.
Luis.	Si ella me cree casado!
Juan.	¡Disparate!
Luis.	¿Disparate?
Juan.	Su marido eres, y ásí
	ocultarlo es vano alarde,
	ó te supondré cobarde
	y temoroso de mí!
Luis.	¿Piensas que soy tan villano
	que así viviera fingiendo?
Juan.	¿Lo niegas, y te estoy viendo
	con el sombrero en la mano?
Luis.	El sombrero! si ahora mismo
	en mi cuarto lo encontré,
	y por eso lo saqué.
Juan.	Se ha visto mayor cinismo!
	¡No inventes un nuevo lio,
	porque no te ha de valer!
Luis.	¡Pero hombre, vamos á ver,
	es este sombrero mio?

(Se lo pone y se le mete hasta los hombros.)

Juan.	Pues entónces, vive Dios,
	si el sombrero es de su esposo,
	qué es esto?
Luis.	¡Un lio espantoso
	en que nos pone á los dos!

ESCENA XIII.

DICHOS, MONSIEUR MONAI, luégo D. RAMON.

Mons.	¡Quel tapage!
Luis.	Este franchute
	sí que es el marido.
Juan.	¡No!
Luis.	Sí.
Juan.	Si á mí me lo negó!
Mons.	¡Qué es lo que aquí se discute!
Luis.	Si yo le he visto...
Mons.	Usté espere.
Luis.	Pero hombre, en nada reparas?

JUAN. Ea pues, las cosas claras,
y salga lo que saliere:
Monsieur, yo estoy escamé
de votre conducté vil,
moi camel votre costill,
y je vais vous reventé.
Metez vous votre chapó,
y á vivir y me despacho;
quemado hablo yo en gabacho
más que Jacobo Rouseau!

MONS. Perro...

JUAN.   ¡No hay perro ni gato!
¿Es de usted?

MONS.   Yo no lo sé.

JUAN. ¡Pues yo se lo probaré!
(Le pone el sombrero.)

MONS. ¡Par exemple!

LUIS.   Ves, mentecato!

JUAN. Pues tampoco es el francés.

MONS. Yo á usted mandar desafío...

RAMON. (Bueno, tome usted el mio.)
(Hablando con álguien que se supone fuera.)

JUAN. Pues es este.

LUIS.   Este no es!

RAMON. Muy buenas tardes, señores.

JUAN. Es suya esta chimenea?

RAMON. Mia no, puede que sea
del marido de Dolores.

JUAN. Se necesita una pasta
que yo no tengo!

RAMON.   Por qué?

JUAN. Este sombrero es de usté!

RAMON. Pero hombre, con verlo basta!
(Se lo pone y tambien le está ancho.)
Luégo el dueño de esta prenda
ocultarse ha decidido.

LUIS. Luégo este señor marido...

RAMON. Él allá se las entienda.

JUAN. Pues aunque del mundo entero
tenga que andar de él en pos...

ESCENA XIV.

LUIS, JUAN, D. CLETO.

CLETO.   Alabado sea Dios,
          ya pareció mi sombrero!
Los dos. Cómo?
CLETO.   ¡Y el baston aquí!
          Don Ramon de fijo fué.
LUIS.   ¿Estas prendas son de usté?
CLETO.   ¡Pues ya lo creo que sí!
          Y ya estoy harto de guasa
          y de gentes informales,
          que estoy dos horas cabales
          sin poder salir de casa;
          y advierto que en adelante
          desnuco al hijo del sol,
          sea francés ó español,
          ó viajero ó estudiante! (Se va.)
JUAN.   ¿Qué me dices de esto, Luis?
LUIS.   Qué opinas tú de esto, Juan!
JUAN.   Que este hombre no es capellan!
LUIS.   ¡Qué mujeres!
JUAN.   ¡¡Qué pais!!

FIN DEL ACTO SEGUNDO.

ACTO TERCERO.

La misma decoraeion.

ESCENA PRIMERA.

JUAN muy agitado, despues RAMON, MONSIEUR MONAI y LUIS.

JUAN.   ¡Luis! Don Ramon! Eh! Mosiu!
           (Llamando á todas las puertas.)
RAMON.   ¿Qué pasa?
JUAN.   ¡Una friolera!
LUIS.   ¿Le has matado?
JUAN.   No hablo de eso.
MONS.   ¿Pues de qué *dane*?
JUAN.   Ten paciencia.
           Quién de ustedes es Monai?
MONS.   ¡C'est moi!
JUAN.   Qué es Monai?
RAMON.   Moneda,
JUAN.   Pues eso mismo me dicen
           que ha de darme el que lo sea.
           Tu padre ha muerto.
LUIS.   Lo sé.
JUAN   Lástima no lo supieras.
           Y te ha dejado sin blanca.
LUIS.   ¿Qué dices?

RAMON.   Pues que ya es fuerza
decirlo, sí!

LUIS.   ¡Qué!!

RAMON.   Luisito.
Tu terca desobediencia,
el amor hácia la viuda...

LUIS.   Viuda!

RAMON.   (Ramon, que te quemas.)

JUAN.   ¡Casada!

LUIS.   Cállate, Juan.

RAMON.   Bueno, pues ello es que mientras
tú por su amor con tu padre
viviste en continua guerra...

LUIS.   ¡Ella se casó con otro!

RAMON.   Caso frecuente en las hembras.
Hoy estás desheredado
y despreciado por ella.

LUIS.   ¡Desheredado!

MONS.   Del todo.

LUIS.   ¡Gran Dios! Pues ya qué me queda
en el mundo?

RAMON.   (Ap. á Monsieur.) (Bueno es esto!)

LUIS.   ¡Morir!

JUAN.   Oye y no te mueras.
Tu padre entre varias mandas
ha dejado en su postrera
resolucion diez mil duros
al estudiante que pueda
probar en que todos los cursos
sacó las notas primeras.
Yo soy ese; yo he seguido
gratis toda mi carrera,
por sobresaliente en todo,
hasta en rasgar la vihuela
y en acertar quince números
seguidos á la ruleta!

RAMON.   Bravo don Juan!

MONS.   Oh don Juan!

JUAN.   Llámenme Juanillo á secas
y vengan los diez mil duros,
que hoy me escribe un albacea
que un señor Monai, encargado.

de tu padre en esta tierra
me ha de dar los diez mil moscos...

MONS. Que están en esta cartera.

JUAN. ¡Ole!

MONS. Hoy recibo la órden.

JUAN. *Oceanum interea*
surgens aurora reliquit,
como decía el poeta!
Nuevo sol luce en mi vida,
voy al Boulevard con ella
y á todo español que encuentre
en París en hora y media
le voy á dar cinco duros
para sacarle de penas.
¡Fiesta nacional!

RAMON. Si usted
quiere entrar en una empresa
de carbones...

LUIS. (¡Arruinado!)

RAMON. Con diez mil duros pudiera
tomarme algunas acciones...

JUAN. Déjeme usté á mi de plepas,
yo no quiero más acciones
que las mias.

RAMON. Pues entónces
montaremos una tienda...

JUAN. Si tal vez hoy sea el dia
postrero de mi existencia!

TODOS. ¿Cómo?

JUAN. Tengo prometido
á una dama de mi tierra
librarla de su tirano
que es disparatada empresa,
pero mi palabra dí
y he de cumplirla por fuerza.
Luis, si el sujeto que sabes
me hace pedazos...

LUIS. Qué intentas?

JUAN. Matarle.

LUIS. Pero su estado...

JUAN. No creo que el hombre sea
lo que parece; eso es falso,

se ha de haber casado ella
con un hombre de cogulla?
¡Pues ni que loca estuviera!
Señores, lo dicho, dicho,
pronto vuelvo, el tiempo vuela,
si sucumbo sepan todos
que á nadie tengo en la tierra
que me llore, libre y solo
nube soy yo pasajera
que el viento de la fortuna
por el mundo errante lleva;
si perezco, este dinero
á mi pobre amigo vuelva,
pero si salgo triunfante,
si la dama el llanto seca,
si por mis alegres bríos
vencedor salgo en la empresa,
entónces cérquenme todos;
pídanme cuanto quisieran
que rico soy como Creso,
para darles cuanto tenga,
y armar en honor de España
en la fonda una paella
y cochifrito y gazpacho
y cuchipanda y playeras
para que se diga siempre
que donde alienta mi tierra
lo mismo se mata un hombre
que se bebe una botella!

ESCENA II.

LUIS, RAMON, MONSIEUR MONAI.

Luis.   Tornaré á España.
Ramon.   ¿Te marchas?
Luis.   Á preparar mi maleta.
Mons.   Es lo que debe de haser.
Luis.   Es lo que te trae más cuenta.

ESCENA III.

MONSIEUR MONAI, RAMON.

RAMON. ¿Monsieur Monai?
MONS. ¿Don Ramon?
RAMON. Un instante.
MONS. Volontiers.
RAMON. Yo soy del Cuzco; y usté?
MONS. Oh, la, la, yo soy breton!
RAMON. Bueno, pues yo tengo un socio
en Madrid...
MONS. Lo sé muy bien.
RAMON. Que es socio de usted tambien
en cierto grave negocio.
MONS. ¿Cómo?
RAMON. Hablemos sin reparos.
Usté pretende á la viuda.
MONS. Y usted tambien.
RAMON. ¿Quién lo duda?
Pero amigo, hablemos claros.
Ni á usted le guía el amor,
ni á mí Lola me enamora,
buscamos á esta señora
con otro intento mejor.
Y como que el tiempo vuela,
y como que el tiempo apura,
amigo, se me figura
que es inútil la cautela.
¿Vamos de un negocio en pos?
Pues... como yo no soy lerdo,
creo que obrando de acuerdo
ganaríamos los dos.
Usted es un comerciante,
yo soy un hombre corriente,
y es lástima, francamente,
que esto no salga adelante.
¿Quiere aceptar una idea?
MONS. ¿Por qué no?

RAMON.   ¿Con lealtad?

MONS.   ¿Pourquoi pas?

RAMON.   Pues la verdad,
la cosa se pone fea.

MONS.   (Si piensas tenderme un laso
te has equivocado en ello,
yo estar con el arma al cuello,
y tú con el agua al braso.)

RAMON.   Mi socio me ha dicho á mí:
«Si la viuda de Cadenas
por artes malas ó buenas
que usté debe usar ahí,
da fin á sus relaciones
con Luis, cuente usted seguros
de comision diez mil duros,
y para Luis dos millones.»
Esto me dijo Turon
hace un mes desde Madrid,
y cuando he dado en el quid
de desbaratar la union,
parece que usted se inicia
con cierta preponderancia,
no sé si por ignorancia,
ó por gusto, ó por malicia.
Si es que usted la tiene amor
yo le ayudaré á casarse,
y si es que quiere llamarse
á la parte, aún es mejor.
Si el socio en mí vió torpeza
y á usted por más listo acude,
dígamelo usté, y no dude
en hablarme con franqueza;
pero sepamos aquí
qué es lo que vamos jugando,
pues me está usted fastidiando
de veras, *mon cher ami!*

MONS.   ¿Pues yo qué hago?

RAMON.   Armar querella
con el estudiante...

MONS.   Ah, sí.

RAMON.   Cuando yo le traigo aquí
para casarle con ella.

Mons.	Ah!
Ramon.	No choque usted con él
	hasta que hagamos la union.
Mons.	¡Es buena idcé, don Ramon!
Ramon.	¿Su carta la puedo ver?
Mons.	Sí señor, si yo no trato...
	Merci. (No tiene el posdato)
	pues... me gusta esa mujer.
Ramon.	¿Cómo?
Mons.	No sabía nada
	de Madrid; en adelante,
	competiré al estudiante
	y esto á *les femmes* les agrada.
	Y como tengo el *argent*
	y él no tener posision,
	yo profiter l'occasion
	de tender un guet–a–pen.
Ramon.	No cederá el estudiante.
Mons.	Le digo en forma sencilla:
	Ó herrar ó quitar la silla,
	ó hásia atrás ó hásia adelante;
	y como yo me propose
	venserle...
Ramon.	(Pues te aseguro,
	que te pongo en el apuro
	y os la disputais los dos.)
Mons.	¡Es esto bien para usté?
Ramon.	Si yo no deseo más!
Mons.	Á ello pues.
Ramon.	(Me servirás.)
Mons.	Pues adelante; *ca-y-est!*
Ramon.	No olvide usté, (¡ah mentecato!)
	que el plazo acaba muy pronto.
Mons.	Un francés no es nunca tonto.
	(Mi carta tiene un posdato)

ESCENA IV.

MOMSIEUR MONAL.

Oh mon cher espagnol, tú piensas me venser

et moi je suis malin et connais les affaires.
Tú crois bien rehussir, et malgré ton chapeau,
Yo haserte á tí tomar las de Villadiegó.
Tú tienes le pesquis et moi l'esprit gaulois
nons verrons quien por fin lleva el gato al aguá;
et yo te probaré sans peur et sans façon
qu'on ne peut repiquer ê ir dans la prosesion.
Tú hases como un galan de Calderon le fier,
moi je suis descendant de Racine et Molière.
Et quand un vrai francais est fier de sa mision
il n'y á pas de plus grand de Molhouse á Bayonne.
Los franseses somos los primeros quisás
hombres de este mundó et de otros puntos más.
Gourmets extraordinaires, poetes extrañas
y en el arte habemos el arte de cuisine.
Versos de fantasie, música de trompon,
que suenan identique que un coup de perdigon.
¡Comme je suis gentil, como je suis content!
tus tramas durecout comme cuillaire de pain.
Et maintenant que vous connaisez mon avis,
continuont s'il vous plait, et pardon, et merci!

ESCENA IV.

DOLORES, DOÑA PAULA.

DOL.   Doña Paula de mi vida.
PAULA.   Señorita de mi alma.
DOL.   Hoy estoy muy aburrida.
PAULA.   Hoy he perdido la calma.
DOL.   Cuanto más desesperada
         más culto rindo á su nombre.
PAULA.   ¿Pues y yo que estoy chiflada
         por ese pícaro de hombre?
DOL.   No vivo sin sus amores,
         le siento latir aquí.
PAULA.   ¡Ay, señorita Dolores,
         lo mismo me pasa á mí!
DOL.   Yo comprendo su doblez
         que no la esperé jamás,
         y tengo la insensatez
         de amarle cada vez más.

Sé que otra fatal coyunda
roba mi amante tesoro
y es cada vez más profunda
la pasion con que le adoro.
Y es que yo en sintiendo amores
los llevo hasta el frenesí!

PAULA. ¡Ay, señorita Dolores,
lo mismo me pasa á mí!

DOL. ¿Por qué, me pregunto yo,
si el fementido me olvida
y por otra me dejó,
le quiero con alma y vida?
¿Por qué abrigo la esperanza
de que aun en su desvarío
y á pesar de su mudanza
tal vez le he de llamar mio?
Yo soy ciega en mis amores,
lo soy desde que nací!

PAULA. ¡Ay, señorita Dolores,
lo mismo me pasa á mí!

DOL. En un rapto de locura
de celos exhuberante
he puesto en grave apretura
sin pensarlo al estudiante.
Si por mi causa se baten
ay! resistirlo no puedo,
que al pensar en que se maten
estoy temblando de miedo.
En mí los hondos rencores
nacen y mueren así!

PAULA. ¡Ay, señorita Dolores,
lo mismo me pasa á mí!

DOL. Ciega el furor á tal punto,
que á Luis pensé yo que odiaba,
y aquel mi rencor presunto
era amor que me cegaba.
¿Quién sabe si él me olvidó
y fué á mi pasion infiel
porque supuso que yo
le hacía traicion á él?
Yo en los amantes rigores
veo las cosas así!

PAULA. ¡Ay, señorita Dolores,
lo mismo me pasa á mí!
DOL. De su esposa tengo envidia.
PAULA. Y yo estoy desesperada.
DOL. ¡Á mi pasion tal perfidia!
PAULA. ¡Á mi edad enamorada!
DOL. Sin saber por qué le amé.
Sin saber por qué le quiero.
PAULA. Y á mí sin saber por qué
me gusta ese caballero!
DOL. Y triste y amante y sola
no sé qué va á ser de tí!
PAULA. ¡Vamos, señorita Lola,
lo mismo me pasa á mí!

ESCENA V.

DOLORES, DOÑA PAULA, RAMON.

RAMON. ¿Qué es esto? ¿Llorando estamos?
DOL. Si señor.
RAMON. Qué las apura?
PAULA. Nuestra suerte.
DOL. Nuestro sino.
PAULA. Nuestro afan.
DOL. Nuestra amargura.
RAMON. Ya sé todo lo que ocurre,
ya sé el pesar que la abruma,
pero estas cosas se toman
con más calma y más mesura.
Paulita, si usted nos deja
en libertad absoluta...
PAULA. Si señor, con mucho gusto.
RAMON. (Voy á ver si capitula.)
PAULA. Que hombre tan extraordinario,
pero nada, no me ayuda!

ESCENA VI.

DOLORES, RAMON.

RAMON. Aquí tiene usté el importe

de la letra, y la factura
con el quebranto de giro...

Dol. Bien, bien...

Ramon.   Y al mal que la abruma
si puede una amistad firme...

Dol. Quién remedia las angustias.
de un amor...

Ramon.   La ausencia acaso...

Dol. Vuelve casado.

Ramon.   Me gusta!

Dol. Y yo que he sacrificado
mi juventud, mí hermosura,
es decir...

Ramon.   Está bien dicho.

Dol. Tenga usted buena conducta...

Ramon. Y en tanto tal vez alguno
pensando en usted, fluctúa
entre decirla «te adoro»
ó amarla con pasion muda.

Dol. Me ofreció usted su amistad
desinteresada y pura.

Ramon. Siento que usted se figure...

Dol. Ay hijo, cuando una es viuda...

Ramon. No hablaba yo por mi cuenta.

Dol. ¿Creo en su amistad sin dudas?
Yo celosa... no, irritada,
hice ha poco una tontuna...

Ramon. La adivino; el estudiante...

Dol. Cabal; mi voz le subyuga,
me sirve á ciegas el pobre.

Ramon. (Es mucho lo que les gusta
su poder á las mujeres!)

Dol. Tal vez en su loca furia
con Luis chocar ha querido...

Ramon. En ese caso hay trifulca.

Dol. Luis es casado; á una esposa
tales lances no se ocultan,
y yo voy á ser la causa
de una nueva desventura;
quiero evitarla, pretendo
una solucion mayúscula,
un remedio á nuevos males,

una cosa que produzca
resultado, que me evite
del estudiante la burla,
de Luis el rencor justísimo,
del mundo nuevas censuras,
hombre, por Dios, diga usté algo!

RAMON. Señora si es que usté abusa
de su elocuencia.

DOL.   Estoy loca.

RAMON. Más...

DOL.   Y usted tiene la culpa.

RAMON. ¿Yo?

DOL.   Sin la invencion dichosa...

RAMON. Del baston y la cachumba.
Hubiera usted evitado
que él se nos casara en Cuba?
Usted no tiene carácter.
Usted todo lo atenúa
con llorar ó cou quejarse
ó con inventar diabluras.
Qué sangre española es esa
que viendo que se la apura
en lugar de defenderse
se acoquina ó se aturrulla?

DOL. ¿Y qué quiere usted que haga?

RAMON. Hacer caso al que la busca
y olvidar al que la engaña
y no volverle á ver nunca.
Él ha sido para usted
un ingratísimo, un Judas,
un hombre sin consecuencia,
un caballero de industria!

DOL. Eso, eso, firme, firme,
sáquele usté faltas!

RAMON.   ¡Muchas!

DOL. Pero si cuanto más malo
me parece más me gusta! (Llorando.)

RAMON. ¿Qué será que las mujeres
han de amar al que las burla?

DOL. ¿Pero qué ha de ser, señor?
¡que somos muy testarudas!

RAMON. Yo soy desinteresado,

no hablo con malicia alguna,
el estudiante es un hombre
que la ama usted con locura.

Dol.   ¡Ya lo sé! pero yo quiero
á Luis! tengo yo la culpa?
todo el mundo se ha empeñado
en que le quiera, y resulta
que estas relaciones tienen
una historia cual ninguna.
Luis estaba en amoríos
con una vecina suya
que se empeñó en tener celos
de mí sin razon ninguna,
y dije yo: ¿sí? pues vaya,
ahora para que tus dudas
sean fundadas, te le quito,
y se lo quité á Facunda.
Ya iba á acabarse el noviazgo
cuando su padre, un don Lucas,
el hombre más cabezudo
que ha salido de la Almunia,
empieza á hacerme la guerra
y á mandar á Luis á Cuba,
y yo entónces dije ¡bueno!
pues me caso aunque te pudras!
Y desde aquel dia todos
parece que nos achuchan.
Los unos que no me quiere,
los otros que no me gusta,
lo otros que yo le engaño
para coger su fortuna;
este, que no vuelve más;
aquel, que es una locura;
sus amigos, que está enfermo,
sus parientes, que me burla,
tanto y tanto me han molido,
unos y otros, y otras y unas,
que lo que empezó en apuesta
ya es hoy pasion tan profunda,
que le quiero aunque casado,
y por él moriré viuda,
que no saben ni comprenden

las gentes que nos murmuran
que de las faltas que notan,
ellas tienen mucha culpa.
Porque el alma es tan soberbia
y tan terca y caprichuda,
que las pasiones humanas
no son más que eternas luchas!

RAMON. Vaya usted á hacer carrera
de una mujer de esta altura!
Quiera usted al estudiante.

DOL. Despues de la horrible burla
que le he hecho, ya de verle
me dan temores y dudas...
De ningun modo; primero
haría caso, iracunda,
al francés.

RAMON.   (Aquí de Dios.)
¿Conque al francés? ¡Eso es música!
¡Qué había usted de casarse!

DOL. ¡Que no?

RAMON.   Cá!

DOL.   ¿Que no?

RAMON.   ¡Tontunas!

DOL. ¡Conque no?

RAMON.   Usted necesita
hombre de más alta alcurnia.
(¡Cualquier cosa! que se pique!)
Y yo sé que á usted le gusta
un hombre jóven y rico.

DOL. ¿Yo ambiciosa? Yo perjura?
Yo, que por ver á Luis pobre
vine á París, sola y viuda,
vendiendo cuanto tenía
en pos de la vuelta suya!

RAMON. Le digo á usted...

DOL. (Cogiendo los billetes.) Ve usted esto?
Esto es toda mi fortuna.
Pues sin él, no quiero nada!
Ea! (Andando y rompiéndolos.)

RAMON.   ¡Señora! Ay qué locura!
Señora, son de mil francos.

DOL. ¡Mejor!

RAMON. Señora... qué angustia!
Darlos es mejor!

DOL. Es cierto,
déselos usted al cura
de la parroquia, al alcalde,
á los niños de la Inclusa.

RAMON. Eso es otra cosa, vengan.

ESCENA VII.

DOLORES, RAMON, LUIS.

LUIS. Dolores, qué haces?

DOL. Tontunas.

RAMON. Yo voy por el estudiante.
(¡Ojo! el marido te busca!)

LUIS. ¡Me quiere aún!

RAMON. Venga usted
á ver puesta la columna
que derribaron...

LUIS. Bien, luégo.

RAMON. No, vamos juntos.

LUIS. Se oculta.

RAMON. Vamos, hombre.

DOL. Hombre, caramba,
déjele usté y no nos pudra.

RAMON. Dispense usté. (El estudiante
me hace falta, horror! la una!)

ESCENA VIII.

DOLORES, LUIS.

LUIS. ¡Pero dí, quién te ha engañado!
infeliz!

DOL. ¿Eh? Pues me gusta.
¡Tú!

LUIS. No es eso.

DOL. Y todavía

vienes y me lo preguntas?

Luis. Digo que ya que mudable
y traicionera y perjura
te hayas casado en mi ausencia,
¿qué ceguedad tan absurda
te ha puesto venda en los ojos
para impetrar tal coyunda,
que en cuanto la sepa el mundo
ha de declararla absurda
y has de salir desterrada
lo ménos á las Molucas?

Dol. ¡Pero qué dice este hombre?

Luis, ¿Cómo, insensata, te gusta !
esa mezcla inconveniente
de espadin y de casulla?

Dol. ¡Socorro!

Luis. ¿Qué?

Dol. ¡Que hay un loco
en el hotel!

Luis. ¡Ah, perjura!

Dol. Luis! Luis mio! Vuelve en tí.
Dios mio, por algo duda
mi corazon de que sea
verdad tu traicion injusta.
¿No es cierto que aquella boda,
la ilógica boda tuya
era falsa? Vuelve en tí!
Luis! ¡Soy yo! Qué desventura!
¡Oh, América rencorosa
que tu atmósfera inoculas,
y á todo el que entra en tu seno
le infundes tu chifladura!

Luis. La loca y la rematada
eres tú que así te burlas
casándote sin conciencia
con un hombre de cogulla!

Dol. ¡Está loco de remate!

ESCENA IX.

DICHOS, JUAN, D. CLETO.

CLETO.   ¡Favor!
LUIS.   ¿Otro?
DOL.   ¿Quién?
JUAN.   Carcunda!
LUIS.   ¿Qué es ello? ¿Á qué tal refriega?
DOL.   ¡Deténgase el estudiante!
JUAN.   Válgate el estar delante
de la mujer que me ruega.
Y pues á tiempo llegamos
y ella misma nos oyó,
delante de ella voy yo
á saber en qué quedamos.
CLETO.   Sean jueces los señores:
¿pues no dice este sujeto
que estoy casado en secreto
con usted, doña Dolores?
LUIS.   ¡Y es verdad!
DOL.   ¡No!
CLETO.   Hará que piense
que está loco rematado:
¿cómo se ha de haber casado
con un capellan castrense?
JUAN.   Casado con ella estás,
que sin duda la engañaste
y quien eras le ocultaste
y cruel trato le das.
Y yo al mirarla tan bella
y triste y en tal apuro,
he resuelto y te lo juro
que no vivas más con ella.
LUIS.   Pues cómo tú te has metido
á defensor de mujeres?
JUAN.   Y tú que tanto la quieres,
¿cómo no la has defendido?
RAMON.   ¡Es verdad! (Saliendo de su cuarto.)
TODOS.   ¿Qué?
RAMON.   Usted, su amante,

que extremos tales hacía,
¿por qué no la defendía
como el bizarro estudiante?

LUIS.   ¿Cómo, voto á mil demonios,
iba yo á ingerirme así?
¿Pues he venido yo aquí
á deshacer matrimonios?

CLETO.   ¡Dale!

LUIS.   Pues siendo los dos
casados, era arriesgada
la cosa.

DOL.   No estoy casada
con nadie, gracias á Dios!
(Momentos de silencio.)

LUIS.   No es este tu cancerbero?

JUAN.   ¿Pues no es este tu tirano?

LUIS.   (Á Juan.) Pues no estás viendo en su mano,
su bastón y su sombrero?

DOL.   (¡Ah!) Pues usted que me dió
bastón y sombrero á mí
para defenderme así
por qué no me lo advirtió?

LUIS.   ¿Usté?

RAMON.   En plazo perentorio
pidió ayuda y esto ha sido
suposicion de un marido...

DOL.   Que era uu marido ilusorio.

PAULA.   Y yo entónces que creí
que era el señor un moscon,
mostré chistera y baston
para ahuyentarle de aquí.

LUIS.   Y yo al ver tanta vileza
en mi dueño idolatrado,
me fingí recien casado
para darle en la cabeza.

DOL.   Y yo en un rapto arrogante
de mi carácter vehemente,
engañé villanamente
al caballero estudiante.

JUAN.   De modo que si doy fondo
y este negocio no empalma,
el señor me rompe el alma

y hago un negocio redondo!

RAMON.   ¡Ha sido una indignidad
que quedar no puede así!

JUAN.   No pleitée usted por mí,
que ya soy mayor de edad.

DOL.   Los celos hacen excesos;
más ¡ay, si le quiero tanto!

LUIS.   Alma mia!

JUAN.   Ay cielo santo!

PAULA.   Ay qué hombres!

RAMON.   (¡Ay diez mil pesos!)

JUAN.   Cese vuestro llanto pues,
No más caras lastimosas.

LUIS y DOLORES. Qué?

JUAN.   Yo cuando hago las cosas
las hago sin interés.

DOL.   Oh, qué noble corazon!

JUAN.   Sin interés la serví.

PAULA.   (Ya me va gustando á mí
éste más que don Ramon!)

JUAN.   La amé por bella y sin par,
pero al sentir su rigor
yo no pretendo un amor
que no he sabido inspirar.
Ya felices os veré,
ya el enredo está deshecho,
casarse, y á lo hecho pecho.

ESCENA X.

DICHOS, MONSIEUR MONAI.

MONS.   ¡Oh! No, no! Perdone usté!

RAMON.   Monsieur Monai.

MONS.   Yo he callado
esperando arreglamiento;
si usté no hase el casamiento,
aún no está desheredado.

LUIS.   ¿Qué?

RAMON.   Por eso yo, que quiero
tanto á Luis, verle quería
libre, y á usted pretendía

darle marido y dinero.

Mons. Por eso yo he de tratar
de complacer á mi socio.

Juan. ¡Es un negocio!

Mons. Un negocio!

Ramon. Y una prima que ganar.
(Monsieur y Ramon dan repetidamente sus cartas
á Dolores y á Luis.)
Y si no hay boda son mios.

Paula. ¡Tiene esto muchos bemoles! (Á D. Cleto.)

Cleto. ¡Si en donde hay cuatro españoles
no puede haber más que líos!

Luis. Esto mi amor más obstina!

Dol. ¡Oh no! Dejarme es mejor.

Luis. ¡Cómo he de burlar tu amor!

Dol. ¡Cómo he de ser yo tu ruina!

Luis. Pobre me sabrás querer.

Dol. No quiero verte arruinado.

Luis. ¡Ay amor desventurado!

Dol. ¡Ay desdichada mujer!
(Van á colocarse, Luis sentado sollozando á la
derecha rodeado de Ramon y Doña Paula. Dolores
sollozando tambien á la mesa de la izquierda.
acompañada de Monsieur Monai y de D. Cleto.
La figura del estudiante debe quedar en pie en
medio de la escena contemplando á ambos grupos.
Momentos de silencio.)

Juan. ¡Lloran! su felicidad
les roba el vil interés.

Ramon. ¡Otras hay! (Á Juan en voz baja.)

Mons. ¡Vámonos, pues! (Id. á Dolores.)

Paula. ¡Animo!

Cleto. ¡Conformidad!

Juan. ¡Pensar que hasta las pasiones
más intensas y arraigadas
han de estar supeditadas
á los pícaros doblones!
¡No lloreis! Que esos apuros
aún tienen remedio en mí.
(Rompiendo á llorar y sacando del bolsillo los billetes.)
Para que tengo yo aquí

	en billetes diez mil duros!!
TODOS.	¿Cómo?
JUAN.	Y para qué los quiero
	si soy como el coracol
	he de ser siempre español
	y pobre y aventurero?
	¿Qué pierdes aquí, un millon?
	pues aun del bien los excesos
	son malos: con diez mil pesos
	ya es una buena racion.
LUIS.	¡Por Dios!
DOL.	Asunto acabado.
JUAN.	Son tuyos; si no me placen.¹
LUIS.	¿Qué?
JUAN.	Si no me satisfacen...
	porque no los he ganado!
	Si al ver los diversos modos
	con que el oro hace traiciones.
	quisiera tener millones
	para repartirlos todos,
	á ver si con mi largueza,
	que á todos ricos haría,
	la humanidad conseguía
	un poco más de nobleza!
	Cese vuestra pena extraña,
	vivan dos almas dichosas.
MONS.	Oh señor, estas son cosas...
JUAN.	Ya ve usted; cosas... de España!
DOL.	¡Oh alma grande!
LUIS.	¡Hay que adorarte!
PAULA.	(¡Pretenderé sus amores!)
JUAN.	Ustedes sobran, señores.
	Á negociar á otra parte!
RAMON.	Largo de aquí ya los dos!
LUIS.	Oye.
JUAN.	¡Que soy de Pamplona!
	Á entablar otra intentona.
	Salgan pronto, vive Dios!
LUISA.	Tú mi corazon alegras
	en este feliz consorcio.
RAMON.	(Á Monai.) Yo he de fraguar el divorcio.
MONS.	¡Á buen hora mangas negras!

ESCENA ÚLTIMA.

DOLORES, DOÑA PAULA, JUAN, D. CLETO.

Comienza á oirse pasar la estudiantina hasta el final de la
obra.

DOL.   Oh adorable corazon!

JUAN.   Sol de ventura os alumbre.

PAULA.   (Y yo como de costumbre
me quedo otra vez de non.)

JUAN.   Por su hermosura la amé, (Á Luis.)
por sus penas la serví,
por su llanto combatí,
por tu amistad la dejé.
De su lumbre girasol
no he sido á tu amor contrario.

LUIS.   ¡Es un ser extraordinario! (Á Dolores.)

JUAN.   No á fe; soy un español!

CLETO.   Yo de su honradez respondo.

LUIS.   Qué hacía usted ahí oculto?

CLETO.   Si usted me saca el indulto (Á Juan.)
los casaré en Elizondo.

JUAN.   La estudiantina me espera
y al compás de mi guitarra
ya en dulce jota navarra
ó en sentimental playera,
dichoso mi corazon
del bien del ajeno hogar
vuestro amor vendré á cantar
al pié de vuestro balcon.

LUIS.   Un abrazo!

DOL.   ¡Este no engaña!

JUAN.   ¡Dulce amistad cariñosa!

LUIS.   ¡Viva el alma generosa!

JUAN.   ¡Viva el corazon de España!

FIN DE LA COMEDIA

Milton Keynes UK
Ingram Content Group UK Ltd.
UKHW022132290424
441966UK00003B/60